悪姫の後宮華演

甲斐田紫乃

富士見Ｌ文庫

桃の花弁が舞い散る中、深く頭《こうべ》を垂れる年若い女は、あたかも幽鬼のようだった。

「……ご機嫌麗しゅうございます、殿下」

声は低く、肌は雪のごとく白く、作り物のように整った顔に湛《たた》える笑みはどこまでも冷たい。細身を包む衣は瀟洒《しょうしゃ》で華美でありながら、夜闇を溶かし込んだような黒と、血に似た赤色で染め上げられている。

昼の光の下でなお闇を感じさせる、周囲の心胆を寒からしめるその姿――

「胡令花《これいか》、御前に罷《まか》り越しました」

彼女こそは『胡家の悪姫《あっき》』、胡令花。対する相手は夏輪国《かりんこく》の皇太子たる孫伯蓮《そんはくれん》。

眩《まばゆ》き陽光を思わせる美青年と謳《うた》われる伯蓮は、薄茶色の髪を春風になびかせながら、泰然と令花の挨拶を聞き終えた。

そして、ほんのわずかに首を傾《かし》げると――動きに合わせ、耳飾りが金色に煌《きらめ》いた――静かに口を開く。その声音は明朗だった。

「よく来たな、胡家の令嬢。お前に下知がある」

伯蓮の言葉は、厳粛な響きをもって大気を揺らした。

二人きりの桃園《とうえん》で下される命令とは、すなわち密命である。

しかし『悪姫』は微塵《みじん》も動じず、ただ優雅に面を伏せたまま、こう応じた。

「尊い方の仰せなれば、なんなりと」

慇懃《いんぎん》に次の言を待つ姿を見て、よしとしたのか、あるいは別の理由か。

それまで穏やかに微笑《ほほえ》んでいた伯蓮の口元が、ふと怪しく歪《ゆが》む。

次いで彼は密命を告げた。

さも、当然のことのように。

「胡令花。我が妃《きさき》、そして我が弟になれ」

——えっ。今、なんて……？

第一幕　悪姫、脅迫されること

「ほら、蘭々《らんらん》！　こっちにいらっしゃい！」

小さな庭に、明るく柔らかな声が響く。名を呼ばれた白い犬――京巴《ジンバー》の蘭々は跳ねるように駆けると、声の主である令嬢の腕の中に飛び込んだ。

全身で喜びを表現している愛犬を抱き締めて、彼女は頬を染め、花が綻ぶように笑う。

令嬢の黒く長い髪を、桃の香《か》を乗せた風が揺らしていった。豪壮な邸宅の片隅、高い壁に囲まれたこの庭において、その姿はあたかも一幅の絵画のように可憐《かれん》で美しい。

――けれど、そのまま留め置くことはできない。

様子を見守っていた側仕《そばづか》えの老人は、そっと、令嬢に声をかける。

「お嬢様。そろそろ、お時間にございます」

「あら、そうなのね。わかりました」

残念そうに応じると、彼女は蘭々を地面に下ろした。

「ごめんなさい、蘭々。今度はもっとたくさん遊びましょうね」

寂しげに鼻を鳴らす蘭々に後ろ髪を引かれつつ、令嬢は踵《きびす》を返して側仕えに告げる。

「すぐに準備をしますと、お母様に伝えて」

「かしこまりました」

深く一礼し、側仕えは先に庭を去った。続いて令嬢は居室に上がり、化粧台を開く。

最初に手に取ったのは練り白粉《おしろい》。生来白く、しかし自然な血色のよさのある肌が覆い隠されていく。あどけなさの残る面立ちは、頬紅を使わないせいか、青白く、生気を感じさせない顔貌へと変わった。温厚な印象を与える瞳もまた、目の縁や目尻が赤く塗られることで鋭く、いかにも恐ろしげなものになっていく。

着替えた衣服の意匠は、どことなく禍々《まがまが》しい。華美で気品のある逸品は、彼女が着ることで、高圧的な印象を与える装いへと様変わりしていた。

最後に長い黒髪を綺麗《きれい》に結い上げた佇《たたず》まいは、まるで別人——

「お役目の時間ね」

呟《つぶや》きと共に振り向いたその姿は、まさに悪女だった。

＊＊＊

令花《れいか》は馬車に乗り、街並みを眺める。窓の外に広がる景色は、まさに華やいでいた。

大陸を支配する大国、夏輪国《かりんこく》。その首都たる輝雲《きうん》は今、年に一度の桃花祭の最中だ。

暖かな春の訪れを祝すために、家々の軒先には桃の花を模した飾りが吊《つ》り下げられ、繁華街では昨夏から漬けてあった桃酒の甕《かめ》の蓋が開けられている。普段は勤勉かつ実直な気風である夏輪国の民草も、今日ばかりは羽目を外し、陽気な笑い声を響かせていた。

令花は、この景色が心の底から大好きだ。だからこそわざと窓を開け、自分や、傍らに座る母の姿が往来から見えるようにしながら、街を馬車でゆっくりと巡っている。

背筋を伸ばして泰然と、そして表情を崩さぬようにしながら視線を街並みに向けていると、人々の囁《ささや》き声が聞こえてきた。

「あの馬車、もしかして……！」

「ああ、胡《こ》家の方々だ。桃花祭だっていうのに、なんて禍々しい……」

令花の生まれた家、つまり胡家の馬車は特別製だ。祭の場におよそふさわしくない漆黒の車体に白銀色に塗られた屋根、さらにその屋根の上には有翼の虎の姿をした架空の怪物・窮奇《きゅうき》の像が取り付けられ、周囲を睨《にら》み据えている。

否《いや》が応でも目につくような外装の馬車の中に、身も凍るような微笑みを湛えた令嬢と、陰に潜む蛇のごとき陰鬱な面持ちの女性が座っているのだ。

民衆は令花たちが通っていくのを知った途端に目を見開き、姿勢を正し、嵐が過ぎ去るのを待つかのように、頭を垂れてじっと息を潜める。

すべては胡家、すなわち高級官吏の一族にして『夏輪国の蠱毒《こどく》』、『謀事《たばかりごと》の祖にして壁の耳』、『百計あるところ胡家あり』と恐れられる彼ら、彼女らの逆鱗《げきりん》に触れぬためだ。

令花は今日も黒と赤に染まった衣に身を包み、唇を薄く上向きに歪めている。真っ白な肌には一切の血色がなく、まるで生気というものが感じられない。赤い化粧に縁どられた双眸《そうぼう》には、万物を見下すかのような毒々しさが湛えられていた。

馬車が通り過ぎると、胡令花に纏《まつ》わる逸話の数々を、民草はひそひそと言い立てる。

「気に食わない人間は、老人だろうが幼子だろうが片っ端から獄舎送りにするらしいぞ」

「苦しみに悶《もだ》える姿が見たいって理由で、側仕えを十八人も鞭《むち》打ちの刑にしたんですって」

「まさに悪《あ》しき鬼のような姫、『悪姫《あっき》』の所業だな……」

——春風に掻《か》き消されそうな小声でも、この耳には届く。

彼らの会話を聞いて、令花の笑みは濃くなるばかりだ。

そして馬車の後ろ姿を見送りながら、人々は顔を青くしてさらに囁き合っている。

「聞いたか、去年の冬……礼心州《れいしんしゅう》の太守が突然更迭されたのは、胡家の陰謀のせいらしい」

「その太守、税金をちょろまかして私腹を肥やしていたって噂《うわさ》だけど、本当かねえ」

「本当でも濡《ぬ》れ衣《ぎぬ》でも関係ないだろう。胡家に睨まれたら、どんな目に遭わされるか」

「白も黒にし、黒はさらに黒くってね。汚いやり口で相手を嵌《は》めて楽しんでいるんだよ。血に飢えた一族ってやつさ……」

皆の言葉のすべてを、自分の耳は拾ってしまう。とはいえ、令花の面持ちはなおも変わらない。――胸を痛める？　そんなはずもない。むしろ、計画通りに事が運んでいるので安心しているくらいだ。

そう考えていた時、令花はふと気づく。窓の向こう、視界の奥からこちらに向かって、一人の幼い少女が駆けてくる。頭に桃色の髪飾りをつけ、手には桃花を模した紙の造花の入った籠を持った彼女は、満面の笑みを浮かべていた。

その姿を見た令花の母が、陰鬱な声で御者に命ずる。

「車を止めなさい」

応じて御者が馬車を止めると、少女は窓に向かってにこやかに口を開いた。

「こんにちは！　お花を……」

どうぞ、と言いたかったのだろう。桃花祭にはこのように、造花を作って道行く人に配るという風習がある。相手と自身の健康長寿を願う、温かな心の籠った習わしだ。

けれど身を伸ばして窓の中に造花を差し入れた少女は、次いでひっ、と息を呑《の》んだ。年の頃はまだ六つか七つといったところなので、胡家の名前は知らないだろうが、自分が声をかけたのがどんな相手なのかを一目で察したに違いない。

そして胡令花は――『胡家の悪姫』は、決して桃花を受け取ったりしない。

見下すような視線を少女に向け、令花は短く告げた。

「疾《と》く失《う》せよ」

低くしゃがれた声音での一言を受け、恐怖にかられた少女の双眸に涙が浮かぶ。瞬間、彼女の母親らしき人物が飛び出してきて、頭を垂れつつ娘を抱き締め、下がらせた。

「もっ、も、申し訳ありません！　どうか、お赦《ゆる》しを……！」

だが母娘《おやこ》を無視して、馬車は再び動き出す。

民衆たちはただ慄然としながら、それを見送るばかりであった。

＊＊＊

馬車は進み、街の一角へと近づく。祭の最中であっても、この周辺は不気味なほど人がいない――胡家の邸宅が近いからだ。

閑散とした様子を確かめた令花の母は、傍らに座る娘に、そっと声をかけた。

「お疲れ様でしたね、令花」

母の面持ちは、先ほどまでと同じくひどく陰鬱だ。とはいえこれは別に、彼女がこの世を恨んでいるからなどではなく、元々こういう顔つきの人なのである。当然だがそれを承知している令花は、『悪姫』としてではなく、胡令花としての素の表情で応えた。

「いいえ、お母様こそ」

その声は、つまり令花の素の声音は、高く柔らかだ。

「長い時間馬車に揺られて、お疲れが出ていませんか？　今年の桃花祭も、本当に大賑《おおにぎ》わいで驚きました」

「私の心配は無用ですよ。あなたこそ、今日もしっかり励んでいましたね」

獲物に向かって大口を開ける蛇のような表情で、母は言った。要するに、わかりづらいが笑みを浮かべている。

「世にはばかる『悪』として振る舞う術《すべ》は、一朝一夕に身につくものではありません。ましてあなたのように外見からすべてを変えて演じるなど、並大抵のことではないのですから……日々の努力が実っているのですね」

「ありがとうございます、お母様」

胸に軽く手を当てて、令花は微笑《ほほえ》んだ。その笑顔は先ほどまでの嗜虐《しぎゃく》的なものとは打って変わって明るく、愛犬の蘭々と戯れていた時と同様に、どこか可憐な印象を与える。

「『悪を誅《ちゅう》する悪』たる胡家に生まれた者として、己のなすべきことは理解しているつもりです。何より私、演じるのが大好きですから!」

今、そばには母しかいない。だから屈託のない本心を、堂々と令花は口にした。

娘の返答に、母は頷《うなず》く。続けて車窓の外を通り過ぎていく桃の木に咲いた美しい花々に目をやりながら、静かに言った。

「先ほどの幼子も……きっと、道行く人に桃花を渡すのを楽しんでいたのでしょうが。祭の場には狼藉《ろうぜき》者も多いもの、誰かれ構わず不用意に声をかければ危険にも繫《つな》がります。あの一件で、きっとそれが身に染みてわかったはずです」

「もしそうなら、私も嬉《うれ》しいです。それに、走っている馬車に近づくのだって危険ですもの。お母様が止めてくださってよかったわ」

「その点は、きっと後であの子のご母堂が言い聞かせてくれたことでしょう」

母はそう言って、娘と穏やかに笑いあった。

それは胡家の内にいる人々にとっては当たり前の日常であり、胡家の外にいる人々にとっては、想像すらできないような光景である。

──胡家の宿命の始まりは、夏輪国の成立と同時にあった。

かつてこの大陸は、いくつもの小国が互いに争う戦火に見舞われていた。そんな中、当時は地方の豪族に過ぎなかった孫《そん》家が台頭する。

孫家は反発しあっていた他の諸族を纏《まと》め上げると、まさに破竹の勢いで周辺諸国を次々に平定し、一つの帝国、すなわち夏輪国を築き上げた。その時に彼らの覇道を忠実に支えたのが、胡家の祖であったという。

ばらばらの人心を繋ぐ過程は決して平坦《へいたん》ではなく、また穏当なものでもない。時には悪辣なる陰謀、策略、ありとあらゆる狡猾《こうかつ》な罠《わな》が孫家を襲った。

しかしそのすべてを、胡家の祖は知略で跳ね除《の》けてみせた。味方となる者たちの力を結束させるため、あえて自らが絶対的な悪であるかのように振る舞い、かつ主に仇《あだ》なす真の悪を欺き、暴き立てたのだ。

彼の功績を讃《たた》えて、時の孫家の長はこう言ったとされる。

「天晴《あっぱれ》なるかな胡よ、汝《なんじ》はまことに我が懐刀、我が毒刃。悪を誅する悪たる働きなり」

以来、胡家は皇家となった孫家を支える一番の忠臣にして『毒刃』として働いている。

今の胡家の男子が皆、高位の官吏としてなんらかの要職にあるのは、ひとえに先祖の功と皇家からの御恩あってこそ。

ならば我らは祖と同じく、皇家に忠義を尽くし、悪を誅する悪たるべし。そのための礎を築くこと、ゆめゆめ忘れるなかれ。――すなわち日頃から怠らず己の知恵や技術を磨き、気概と誇りをもって、いついかなる時でも主命を全うするように。

その教えを、生まれた日から今に至るまでしっかり受けてきた令花もまた、自分たちの使命をまっとうせんとする胡家の者の一人である。

もちろん市井の噂は、実態とは大きくかけ離れている。

胡家は決して悪しき陰謀など企《たくら》んではいないし、皇家からの褒賞目的で善人に罪を着せているわけでも、悪人を吊《つる》し上げることに悦《よろこ》びを見出《みいだ》しているわけでもない。

そして『悪姫』たる令花も、他人を踏みにじるような冷酷な真似《まね》など、実際にはまったくしていない。

民草は、胡家が建国以来の長きに亘って自ら流し続けた悪評に惑わされ、胡家の一族の者の手によって悪人が断末魔の悲鳴をあげる様を見て、「ああ、天下に胡家ほどの悪はない」と震えているに過ぎないのだ。

けれどそれこそが、胡家の狙い。胡家がこの世すべての謀略の祖であるかのように君臨し、あたかも悪であるかのように街を睥睨《へいげい》するだけで、善なる民草は自《おの》ずと襟を正し、悪人は息を潜める。

よしんばそれでもなお荒事を企てる者たちがいたとしても、胡家の目から逃れられはしない。謀略には謀略を、罠には罠を。「皇家すら手を焼く処刑人一族」と誹《そし》りを受けようと、なんら意に介すことはない。誹りを受けることそれ自体が、胡家伝来の秘密が守られている証拠なのだから。

胡家が悪を誅する悪であると知るのは、胡家の内にある者たちを除けば、当代の皇帝や皇后、皇太子など、ほんのわずかな人々だけ。

それ以外の大勢にとって、胡家はまるで悪の化身だ。けれどこの構図があるからこそ、建国以来二百年もの間、夏輪国は戦のない平和な国であり続けている。

皇家という光を際立たせるために、自らを闇と偽る一族。それが胡家なのだ。

そして令花が『悪姫』を演じる理由も、胡家たる者の宿命にある。

今日の務めは、祭に乗じて悪事を成そうとする不心得な商人や手配中の盗人《ぬすっと》を、街から追い立てるためのものだった。令花や母が馬車に乗って街を見物するだけで、悪人たちはそれを「縄張りの監視」と捉えるからだ。きっと今頃は父や胡家の皆が組織した掃討部隊が、尻尾を巻いて逃げ出そうとしたならず者たちを、纏めて検挙していることだろう。

（せっかくのお花を受け取れなかったのは、やっぱり、少し残念ではあるけれど……）

自分の振る舞いが少女のため、ひいては人々のためになったはずだとは思いつつも、ちらりとだけ、そう令花は考えた。するとそんな気持ちを知ってか知らずか、こちらの顔をじっと見つめて、母がまた微笑みと共に口を開く。

「そうして黙って座っていると、どちらが本当のあなたなのかわからなくなるほどですよ、令花。近頃のあなたの技の冴《さ》えには、私ですらはっとさせられます」

「そうですか？　ならばよかった」

令花は謙虚に告げた。

「演技に見えないほど、悪姫がお役に立てているというのなら……。素顔のままでは私、お役に立てませんから」

ついぽろりと漏らした後で、眉を曇らせた母の顔を見て、慌てて首を横に振る。

「な、なんでもありません。つまり、私はまだまだ未熟者だと言いたかったのです。これからもさらに腕を磨き、もっと恐ろしい『悪姫』を演じられるように頑張ります」

「それは楽しみね。あなたの想像力と観察眼は、ご先祖様からの大切な贈り物ですもの」

微笑みを取り戻した母の表情を見て、内心でほっと息を吐く。

けれど心中を吐露した瞬間に生まれた、胸のざわめきは消えない。任務を無事に終えたばかりだというのに、喜びや達成感よりも、不安がうっすらと残っているような気がする。

その正体に、実際のところ、令花は思い当たるものがあった。

令花にとって、『胡家の悪姫』は決してお仕着せの役目ではない。自分で考えだし、誇りを感じている大切な役柄だ。演じること自体も大好きだ。それは間違いない。

でも——胡家の者としてもっと皇家のために、あるいは夏輪国のために何ができるか。

そう考えると、「頭打ち」という言葉が頭を過《よ》ぎるばかりなのだ。

令花が『悪姫』となって、早七年。少しでも皇家に貢献すべく、家族がこなす仕事を手伝ってはきたものの、皇家から『悪姫』へ下知があったことはなく、また評価をいただいたこともない。

もちろん胡家の一族にあっても、皇帝をはじめとした皇家の方々へ直接のお目通りが叶《かな》った人間は少ない。禁城に勤める令花の父や、他の家族を含めごくわずかだ。

だから令花とて、栄誉や名声が欲しいわけではない。確かな答えが欲しいのだ。

——『悪姫』の行動は、本当に皇家やこの国の人々のためになっているのか。

胡家の者として令花がさらに役立つためには、何をすればいいのか。そのためには、『悪姫』という役柄だけでいいのか。もしかして、他にもっとできることがあるのでは——？

答えを求めても、手に入れようもない。なぜなら自分でもわかるほど、これは欲張りな問いかけだからだ。

父から依頼を受けて、今日のように任務をこなすだけで、確実にこの国を蝕《むしば》もうとする悪は討たれていく。そもそも家族は自分を愛してくれているし、『悪姫』の醜聞ゆえに他家への嫁入りがなかなか決まらぬ身ではあっても、窮屈な思いなどしたことはない。

確かな手応えや別の役柄を求めるなんて、欲深な想《おも》いに過ぎないのだ。

それはわかっている。わかっているけれど——

演じている時にはついぞ感じることのない、我に返った時にだけ訪れる漠然とした悩みを抱えたまま、令花は邸宅へと戻るのであった。

＊＊＊

桃花祭が終わった、その翌日。

令花は、自室で書を読んでいた。むろん、これは修練の一環だ。『胡家の悪姫』たる者、任務もないのに軽々しく家の外に出るわけにはいかない。しかし様々な知識を日々身に蓄えていないことには、いざという時に適切な演技ができない。

そういうわけで、読書は令花にとって貴重な情報収集の手段だった。普段はほとんどの時間を、こうして過ごしている。歴史書を読むこともあるけれど、今日読んでいるのは、いわゆる物語文学——貴種流離譚《きしゅりゅうりたん》の一種だった。

自分の高貴な出自を知らず、平民として貧しい暮らしを強いられていた少年皇子が、ある日突然禁城に呼び出されて己の運命を知り、国のために立ち上がる物語。

読み進める物語の中で、皇子は震える声をあげている。

「僕は皇帝陛下の息子。だから僕が、なんとかしなくちゃ」

視線に合わせて、ごく小さくではあるが、令花は台詞《せりふ》を読み上げた。

（……いえ、もっと息は入れずに言ったほうがいい。皇子はなんとか声を絞り出しているようだもの、はっきりと語ってしまったら状況に合わないわ。そして表情は……）

「令花お嬢様」

かけられた声に、はっと振り返る。佇《たたず》んでいるのは、側仕《そばづか》えの老人だった。

「お父上様がお呼びです。可及的速やかに、奥の間に来るようにと」

「まあ……！」

令花が驚くのも無理はない。邸宅の一番奥にある窓すらない部屋、通称・陰謀部屋への呼び出しは、他の誰にも漏らしてはならない重要な任務の存在を意味するからだ。

（お祭りが終わったばかりだというのに、いったいどうしたのかしら。何か悪い出来事でなければいいけれど……）

胸騒ぎを覚えつつも、令花はひとまず、自分自身としての素の姿で奥の間へ向かう。

扉を開けると、既に父はいた。側仕えも含めて人払いされた部屋に設《しつら》えられた、応接用の椅子に腰かけた彼の瞳は冷たく、すべてを突き放すように険しい。――それはいつものことだが、今日はさらに、怨敵を睨《ね》め上げる邪悪の権化のごとき面持ちをしている。

（お父様が、難しいお顔をなさっている……。やっぱり、何かあったのね）

いよいよ悪い予感を覚えつつ、令花は父に一礼する。

「お待たせしました。どうなさいましたか？」

「令花」

表情を変えぬまま、父は重々しい声を発した。そのまま彼は最低限の動きで、眼前にある低い机の上を指す。机の上に置かれた、一通の手紙を。

「読め。お前へ……否、『悪姫』へのご下知を受けた。悪を誅《ちゅう》する悪としての、我が一族の力を借りたいとの仰せだ」

その言葉に、心臓がどきりと跳ね上がったように感じる。

「悪を誅する悪として、ということは」

胡家の正体を知る人々からの命令、つまりは――皇帝陛下からのご命令？

そう考えると、いても立ってもいられない。促されるままに、令花は父の向かい側の椅子に腰かけると、手紙を開いて視線を走らせる。

そこには皇家からの命令を示す印章と共に、このような文章が綴《つづ》られていた。

『胡令花へ、御料桃園《とうえん》への出頭を命ず。本日、未《ひつじ》の刻。　孫伯蓮《はくれん》』

（えっ……！）

思わず、令花は短く息を呑《の》む。――まさか、皇太子殿下からのご命令だとは。

孫伯蓮の名を知らぬ者は、この夏輪国にそうはいない。四年前に第一皇子が落馬事故で亡くなった後、新たに立太子されたのが、当時まだ十六歳だった第八皇子・伯蓮だった。

（お会いしたことはないけれど、話はお父様たちから伺っている。王者の気風と品格を持ち、智勇《ちゆう》に優れ、まるで眩《まばゆ》い陽光のように美しい方なのだとか）

皇子が数多《あまた》いる中で、八番目の生まれでありながら立太子されたのも、すべてその抜きん出た才覚と、優れた人品骨柄によるものなのだと聞く。

そんな皇太子殿下が、まさか『悪姫』にご用だとは！

「いったい、どのようなご命令なのでしょうか」

「密命という点の他は、私も知り得ていない」

短く告げた後、「しかし」と父は、いつにも増して険しい面持ちで続けた。

「近頃、殿下の周辺はにわかに慌ただしい。……今上陛下がご高齢であるのは、お前も知っているだろう」

「はい、お父様」

以前聞いた話を思い出しながら、令花は答える。

「今上陛下は壮健でいらっしゃるけれども、宮廷では万が一の事態に備え、皇太子殿下に一刻も早く太子妃を迎えて身をお固めいただくべきだという意見が出ているとか」

「うむ」

父は闇夜に唸《うな》る獣のような声で相槌《あいづち》を打ってから、語る。

「複数の廷臣たちが太子妃の候補として四人の女性を推挙し、近日中にも、殿下がお住まいの東宮に送り込む予定だ。その状況下でのお呼び出しとあらば」

まっすぐにこちらを見据えて、父は続けた。

「殿下は、お前を太子妃の候補にとお考えなのかもしれぬ」

「わ、私を⁉」

思ってもみなかった展開に、つい声が上ずってしまった。それを聞いてどう思ったのか、父は眉間に皺《しわ》を深く深く刻んだ。

「……嫌か？」

「いいえ、とんでもない！」

心からの笑顔で、令花は答える。

「胡家の者として、殿下のお役に立てるというのなら、何よりの栄誉です。『胡家の悪姫』の力をお望みなら、私は存分に演じるのみですわ」

もし皇太子殿下の後宮、すなわち東宮に入るのだとすれば、つまりは未来の皇帝陛下の後宮に入るも同じである。

（後宮とは、寵愛《ちょうあい》を巡り女性たちの陰謀や怨念が渦巻く恐ろしい場所だと聞くけれど……私は『胡家の悪姫』として、どんな悪を演じればいいのかしら！）

後宮における悪を誅するための悪として、他の悪女たちをすべて威圧するような、より一層凄《すさ》まじい悪玉の役回りをせよというご命令かもしれない。

（いよいよ私も胡家の一員として、皇家のお役に立てる時が来たのね……）

考えるだけで、胸が高鳴って仕方がない。一方で父は、睨み上げるような（つまり顔色を窺《うかが》うような）表情で問うてくる。

「……念のために聞くが……本当に嫌ではないか？」

「ええ、お父様。私の場合、嫁ぐのが遅すぎたくらいでしょうし……まして東宮ならば、願ってもない素晴らしいお話かと存じます」

父の問いかけの理由がよくわからないまま、正直に令花は答えた。

「……そうか」

沼から顔を出した大鯰《なまず》のような嘆息の後、気を取り直した様子で父は言う。

「太子妃候補にという話は、あくまで我らの憶測に過ぎぬ。殿下のお考えは計り知れないが、お前が呼び出しを受けたのは、皇家の方々のために造られた桃園だ」

完璧な人払いが可能で、かつ聞き耳を立てる者が身を隠せない、皇家専用の場所——どうやら伯蓮からの命令は、なんにせよ相当に重要なもの。

しかも指定された未の刻まで、あとわずかだ。これはのんびりしていられない。

「務めを果たせ」

鋭く言い放たれた父の言葉に、浮かれていた気分を引き締めて、令花は強く頷《うなず》く。

「かしこまりました、速やかに出立の準備をいたします」

陰謀部屋を出て、自室に戻ると、さっそく役柄に入るための支度を始めた。

肌を白くし、目元を赤く鋭く整え、黒と赤で彩られた華美な衣装を身に纏《まと》う。

長い黒髪は、側仕えたちの手を借りて綺麗《きれい》に結い上げ、整えた。蝶《ちょう》と舞い散る花弁を模した銀製の簪《かんざし》をつけたら、『胡家の悪姫』の外見は完成だ。

（後は……）

改めて、令花は鏡台の前に腰かけた。

そして鏡をじっと覗《のぞ》いたまま、唇の両端に、右手の親指と人差し指を軽く添える。それから指の幅を広げつつ、口角をにいっと吊《つ》り上げた。

「これより私は、『胡家の悪姫』」

声音も低く、恐ろしく、しゃがれたものに変化させる。

悪姫を演じる時のお決まりの行動だ。役に入るための儀式とでも言おうか。これで自分自身、つまり本来の胡令花の意識は頭の片隅へと押しやられ、『悪姫』として振る舞えるようになる。

（悪を誅する悪なれば、いかなる役でもご随意に演じてみせましょう）

殿下はいったい、何をお命じになるのだろう。楽しみだ、とても。

＊＊＊

「……ご機嫌麗しゅうございます、殿下」

まるで桃源郷に漂う雲霞《うんか》のごとく、桃の花が咲き乱れる中――令花は『悪姫』としてのしゃがれ声で、殿下に低く頭《こうべ》を垂れて挨拶をした。

春風が緩やかに、薄桃色の花弁を舞い散らせている。その花吹雪の中の皇太子・伯蓮は、やはり噂《うわさ》の通り、とても美しい青年だ。

額《ぬか》ずく前、ちらりと拝謁したその容貌が瞼《まぶた》の裏に浮かぶ。清廉な意思を感じさせる爽やかな双眸《そうぼう》、すっと通った鼻筋、締まった口元。白と金色に彩られた上衣を纏って椅子に腰かけている姿も優美なもので、自然とこちらの背筋が伸びるような品格を漂わせていた。

薄茶色の髪を纏めずに肩までそのまま流し、衣の襟元をゆったりと開け、男性が使うにはやや派手な金色の耳飾りをつけた出《い》で立《た》ちなのは、ちょっと意外だったけれど――きっと今回は公務ではないから、緩やかな格好でおいでになったのだろう。

頭の片隅で素早くそんな判断をしつつ、令花は『悪姫』として次の言葉を発した。

「胡令花、御前に罷《まか》り越しました」

すると向こうで、伯蓮がわずかに微笑《ほほえ》んだような気配があった。それから聞こえてきたのは、明朗にして快活な響きの声。

「よく来たな、胡家の令嬢。お前に下知がある」

その言葉だけで、空気が自然と張り詰める。

けれど令花は用意していた台詞《せりふ》を、本心と共に臆せず告げた。

「尊い方の仰せなれば、なんなりと」

それを受けて伯蓮は、こう命じる。

「胡令花。我が妃《きさき》、そして我が弟になれ」

（えっ）

我知らず声が漏れそうになるのを、なんとか押し留《とど》める。

そう、『胡家の悪姫』はこういう場面で、決して驚きを表にしない。ただの令花としての意識は、頭の片隅にあるだけなのだから。

幼い頃から重ねてきた演技の経験によって、令花は、見事に動揺を隠しおおせた。けれどもやはり、頭の中ではこう問い返してしまう。

（今、なんて……？　お、弟？）

妃はわかる、予想通りだ。でも殿下の弟とは、いったい――？

疑問を胸に、令花は『悪姫』として、厳かに口を開く。

「畏れながら、殿下」

「なんだ、申せ」

予期していたのか、伯蓮は軽い調子で促す。そこで令花は、はっきりと問いかけた。

「ご覧の通り、私は女でございます。妃になるはこの上なき栄誉なれど、ご令弟になれとはいかなる……」

「うん？　見込み違いだったか」

伯蓮はさらに明るい声音と共に、地面を軽く蹴って立ち上がった。足音に気づいた令花が少し顔を上げた時、見えたのは、数歩前にまで近づいてきた伯蓮の姿。

ぐっと腰を曲げて見下ろしてくる彼の表情は、面白い出し物でも眺めているようににやついていた。

（……どうなさったのかしら、殿下？）

相手の真意が摑《つか》めずに、内心で首を傾《かし》げるこちらを見つめてさらに口元を緩めると、伯蓮は続けてこう言い放つ。

「お前、俺の問いかけに『なんなりと』と答えたよな。ならば女の身だろうがなんだろうが、下知に従うのが筋じゃないのか。それに、演じるのは得意なんだろう？」

その言葉に、わずかに『悪姫』の口の端が引き攣《つ》る。だがすぐに持ち直した。

胡家が真の悪ではないというのを、皇太子たる伯蓮が知っているのは道理。そして胡家そのものが、元より悪を「演じている」と言えるのだから――

(殿下はそういう意味で仰《おっしゃ》っているのね。つい警戒してしまったけれど、その必要はなかったわ。そもそも……)

『胡家の悪姫』たる令花が、演技をやめて化粧を落とせば同年代の女子よりもあどけなく、可憐《かれん》で愛らしい容貌の持ち主だというのは、皇家すら知らない秘密ということになっている。令花のあまりの変貌ぶりを目の当たりにした家族が、令花の能力をよりいっそう生かすために、そうしてくれているのだ。

(殿下が、私の真の姿をご存じであるはずはない)

と、『悪姫』は取り澄ました顔にいつもの微笑みを浮かべる。しかし次いで伯蓮が告げたのは、衝撃の一言だった。

「ああ、まさかお前、俺が知らないと思っているのか？　お前の正体は『悪姫』とは真逆の、素朴で可愛《かわい》らしいご令嬢だってことを」

かっ、と令花の目が見開いた。

――なぜ、殿下がそれを知っている？　皇帝陛下ですら知らないような事実を。

(誰かが秘密を漏らした？　いえ、胡家に限ってそれはあり得ない。情報が漏れたとしても、そのこと自体がお父様たちの耳に入らないはずがない……)

思いもよらぬ事態に、令花は内心で冷や汗を流した。

「……滅相もございません」

もう一度深く頭を垂れたまま、『悪姫』はへりくだる。

「どうか、ご寛恕《かんじょ》のほどを。胡家は七代前より皇家に仕える身。殿下の仰せに背くなど、天地が逆さになろうとあり得ません」

「まあ、それはわかっているさ。俺だってお前の父上には、子どもの頃から世話になっている。むやみに秘密をばらして、悲しませるような真似《まね》がしたいわけじゃない」

なおもにやにやと、伯蓮は語った。

「だがお前が、役どころを選ぶというなら話は別だ。これだけ普段、見事に悪女の役を演じているのなら……俺の弟となるくらい、簡単にやってのけると思ったんだがな」

「しかし」

「なあ、別にその演技は解いて喋《しゃべ》ってもいいんだぞ」

伯蓮は、痺《しび》れを切らしたように言いながら両腕を開いた。その振る舞いは鷹揚《おうよう》な王者というよりは、むしろ軽薄に見える。

「いつもはもっと、高くて明るい感じの声だろう？　声変わり前の子どもの役をやってほしいんだ。喉が枯れたら一大事じゃないか」

どうやら殿下は、こちらの素の声を聞いたことすらあるようだ。

それに、ご用命には深い理由がある様子。ならば——

「……わかりました」

声音を普段のものに切り替えて答えると、伯蓮は大仰に目を輝かせてみせた。

「これは見事な切り替えだな。一流の劇役者でもこうはいかないだろう」

「もったいないお言葉でございます」

懸命に言葉を選びつつ、令花は語る。

「ご気分を害されたなら、大変申し訳ありません。私とて胡家の者、いかなるご命令であろうとも喜んで従います。ですからどうか、『悪姫』が演じられた存在だということは」

「ああ。お前が俺の命じた通りにするのなら、黙っているとも」

「感謝申し上げます」

しっかと令花は頭を垂れ、改めて、ご下知の内容を嚙《か》み締める。

「では、これより私は殿下の妃となり、殿下の……」

弟になる。——今までに演じたことのない役柄。しかも皇太子殿下の弟役だ。事情はよくわからないままだけれど、凄《すさ》まじい大役なのには違いない。

（そんな役を殿下は……この私に、演じろと？）

思った瞬間、ようやく気づく。

――どうして戸惑ってばかりいたんだろう。これこそ、願ってもない好機なのに！

（『悪姫』だけではない、まったく知らない別の自分になれば、今よりももっと大きな役回りを演じられる。しかもそれが殿下の役に……ひいては夏輪国のためになるのでは⁉）

そうだ、今日この日こそが――胡令花の新しい『演目』の幕開けだ！

途端に胸中の暗雲が晴れ、代わりに胸を衝《つ》き上げるのは、激しい興奮と期待だった。

脅しから始まった演目――けれどこれは殿下との秘密の共謀、いや共演でもある。

ならば必ず、果たしてみせなくては。それこそが、胡家たる者の務めなのだから！

激情のままに、令花は告げた。

「それが私のお役目ならば、いかようにも演じてご覧に入れましょう！」

あまりに嬉《うれ》しかったから、自分でもびっくりするような声が出てしまった。

（声量の調節ができないなんて、まだまだ未熟だわ）

反省する令花は、伯蓮が漏らした「うおっ」という驚きに気づかないのであった。

第二幕　久遠、溺愛されること

伯蓮《はくれん》と密約を交わしてから、五日後のこと。

「……では、行ってまいります」

声音も装いも『悪姫《あっき》』となっている令花《れいか》は、居並ぶ家族や関係の深い側仕《そばづか》えたちに、深く一礼した。これから馬車に乗り、禁城へ。東宮で待つ、伯蓮のもとへ向かう。

「くれぐれも、身体《からだ》に気をつけるのですよ」

目を潤ませてそう告げた母の隣で、父は過日と同じ面持ちで、同じ言葉を短く告げた。

「務めを果たせ」

端から聞けば、冷酷な言葉に聞こえるかもしれない。けれど言葉の裏に込められた愛情を知っているから、『悪姫』はもう一度頭《こうべ》を垂れて、しっかりと応えた。

「はっ、かしこまりました。皆様もどうか、お元気で」

(殿下のため、胡《こ》家のため、そして夏輪国《かりんこく》のため。私、精一杯頑張ってきます！)

心の中でもそう告げてから、令花は馬車へと乗り込んでいく。

御者が馬に合図を送り、静かに出立する。邸宅を出て、禁城へと続くまっすぐな大通りを馬車で進んでいくと、往来を行く人々のどよめきが聞こえてきた。

「み、見ろ。やっぱり噂《うわさ》は本当なんだ、『胡家の悪姫』が東宮に入るって！」

「なんてことだ……！　まさか皇家がいよいよ胡家に蝕《むしば》まれるとは」

「終わりじゃあ！　この国は終わりじゃあ！」

嘆く人々の声を聞いても、『悪姫』はまったく動じない。座席についたその時の姿勢のまま、涼しい顔でただ前方を見据えている。しかし、当の令花本人はといえば――

（ふわぁ……うーん、いくらなんでも、ここ最近寝不足すぎたかしら）

欠伸《あくび》を噛み殺すのに必死だった。

（殿下からのご用命に応えるための準備に、思っていた以上に時間がかかってしまったわ。初めての役柄を演じるのには、やはり相応の手間がかかるものなのね）

東宮で『悪姫』を演じるというのはともかく、伯蓮の弟となれという命令――こちらについては、家族にも内緒にして出立してきた。殿下と二人だけの密約、ということになっているからだ。

今も、弟を演じられるその瞬間を待ち望んで胸が躍っているのは確かである。けれど、どうもすっきりしない気持ちもあった。

それは五日前、桃園《とうえん》で伯蓮の下知を受けた時の問答のせいだった。

＊＊＊

「──恐れ入りますが、いくつか伺ってもよろしいでしょうか」

桃園にて、新たな役柄を引き受けたその直後。令花の問いかけに、伯蓮は軽く頷《うなず》いた。

「いいぞ」

「ありがとうございます。では」

一番大きな疑問を、相手にはっきりぶつける。

「なぜ私に、殿下の弟君の役をお申しつけになるのですか？　どのようなご事情が……」

「うん？　ああ、とても深刻な理由があってな。つまり」

(……つまり？)

伯蓮は目を細めると、おもむろに自分の胸に手を当てて答えた。

「俺は気楽に生きたいんだよ」

「えっ」

きょとんとする令花が面白いのか、伯蓮はふふんと鼻を鳴らす。

それから、軽く肩を竦《すく》めるようにしてこう続けた。

「堅苦しい生活なんて、まっぴらごめんだからな。そもそも立太子されたのだって、こちらからすればいい迷惑なんだ。だというのに勝手に祀《まつ》り上げられて……このうえ太子妃まで迎えたら、いよいよ自由ってものがなくなってしまう。そうは思わないか？」

「は、はあ」

こちらの気の抜けた返事をものともせず、伯蓮はさらに述べ立てる。

「父上がご存命だというのに、次代のことばかり考えるのも不敬というものだ。どうも宮廷の連中は頭が固くて困る。ともかく俺はまだ妻帯する気はないし、皇太子として地盤を固めるつもりもない。だからそのために、お前の力を借りようというんだよ。胡令花」

予想だにしていなかった言葉を、理解するのだけでも大変だ。

令花はしばし黙って考えを纏《まと》めてから、窺《うかが》うようにそっと尋ねた。

「つまり殿下には、太子妃を娶《めと》るおつもりはなく……自由な暮らしを続けるために、私にご命令を下されたと？」

「ああ。俺は好きな時に好きな場所で、好きなように戯れたり、昼寝をしたり、思うさま酒を楽しんだりする毎日を守りたいんだ」

堂々と、そしてへらへらと、皇太子殿下はそんなことを言う。その態度は王者らしく不敵というよりは、むしろ無責任というか、ふてぶてしさを感じるものだった。

（なんてこと……！）

今の伯蓮の発言は、令花の基準では「自分勝手」に分類される。

言うまでもなく皇太子とは、未来の夏輪国を担う責任ある立場だ。なのに立太子から四年経《た》った今でも、遊び放題したいから太子妃なんて要らない、そもそも帝位を継ぎたくなんてなかった、なんて――

己の責務と向き合わず、逃げ出そうとしている発言にしか思えない。

（お父様たちのお話とは、まったく違うお人柄だわ。確かにとてもお美しい方ではあるけれど、なんというか……すごく……身勝手！）

期待を裏切られたからというよりは、信頼する家族が語った内容とのあまりの乖離《かいり》に衝撃を受けたといったほうが正しい。

そう思って見てみると、伯蓮の装いがやや放埒《ほうらつ》なのも「これが公務ではないから」ではなく、単に内面の顕《あらわ》れのような気がしてしまう。

伯蓮からの下知について話していた時に、父の様子がどことなくおかしかったのも、もしや本人の性格が噂とかけ離れたものだと知っていたからなのでは？

そんな人物の企《たくら》みの、片棒を担ぐことになるだなんて――

（……いいえ。皇家の方をお支えするのが、胡家たる者の責務。それに初対面の方のことを、訳知り顔で評するべきではないわ）

もしかしたら、何かやむにやまれぬ事情があるのかもしれない。

第一、伯蓮の命令に背けば『胡家の悪姫』の正体が衆目に晒《さら》されてしまうのだ。たとえ少し納得できないところがあろうとも、任務に集中しなくては。

そう気分を切り替えている令花を置いて、伯蓮はさらに語る。

「いいか、妃《きさき》になれとは言ったが……あれはあくまでも妃候補としてお前を東宮に入れるという意味だ、本気で娶りたいわけじゃない。本命は弟役のほうだ」

「と仰《おっしゃ》いますと？」

「例えば、こういう話はどうだ」

軽く腕を広げるようにして、伯蓮は続けた。

「『実は皇太子には病弱で健気《けなげ》な弟がいて、面倒をみてやらねばならない』……『弟が元気に独り立ちするまで、皇太子は心配すぎて、とても太子妃をとる気になんてなれない』と。こうなれば、太子妃を選ばずにふらふらしていても、誰にも文句はつけられないだろう？」

妃候補として『悪姫』を東宮に入れるのは、単なる手段。真の目的は、皇太子として地盤を固めない言い訳のために、架空の都合のいい弟の役を令花に演じさせることとなのだ。

そう頭の中で纏めつつ、令花が気にかけているのは、もっと別の事柄である。

「病弱で健気な弟君、ですね……」

相槌《あいづち》を打ちながら、素早く頭の中で『病弱で健気』の具体的な姿を思い浮かべていく。

演技にあたって最初にするべきなのは、この想像という作業だ。これまでの研鑽《けんさん》や人間観察で得てきた情報から適切なものを頭の中で拾い上げ、組み合わせて、自分の演技の計画を練らなくてはならない。

「うーん。しかし、殿下にそのような弟君はいないとご存じの方も多いはず。畏れながら、私が演じたところで、事実を知る方々には信じていただけないのではないでしょうか」

「いや、問題ない」

やけにきっぱりと、伯蓮は断言してみせた。

「お前、父上の後宮に何人の妃嬪《ひひん》がいるか、知っているか？」

「い、いいえ」

「気にするな、俺も知らない。つまりそれくらい多いんだ。はっきり知っているのは、後宮に仕える宦官《かんがん》たちくらいだろう。それぞれの妃嬪との間に全部で何人の子がいるかは、父上すらも覚えてはいまい」

それに、と彼は言葉を重ねる。

「父上は、まあ最近になってようやく落ち着いたが、ほんの少し前まではそういう関係が乱れに乱れていてな。後宮の外に、個人的に親しい関係の婦人がいたことなんて、一度や二度じゃないんだ」

だから、誰にも知られずに密《ひそ》かに生まれた皇帝の子がいたとしても、何もおかしくはない。むしろ皇帝の私生活に詳しい者であればあるほど、「ああ、やっぱりそういう子がいたのか」と納得してしまうだろう、と伯蓮は語った。

皇族でなければ口にできないような話ではあるけれども、聞いて令花も納得できた。

「では私は殿下とは母上違いの、いわゆる庶子の役なのですね」

「そういうことだ。つまり筋書きはこうなるな。『皇太子は、母を亡くし貧しい暮らしをしている病弱な少年と、外出先の街で偶然出会った』、『少年の父が実は皇帝であるとわかり、血を分けた弟の惨状を見るに見かねて、皇太子は少年を東宮に迎え入れた』」

「ふむ、ふむ」

令花は何度も頷いた。

「基本設定は理解できました。細かいところを詰める必要があるかと存じますが、今しばらくお時間をいただければ幸いです」

「そこまで気負わなくていいさ。適当にやれ、適当に」

ひらひらと片手を軽く振りながら、伯蓮は言う。

「ただ男装して、ちょっと病弱そうな感じで、俺の隣に立っていてくれればいい。後の時間は好きにしていろ。『胡家の悪姫』を東宮に呼んだのは、そのほうがお前に弟役をさせるにあたって都合がいいからだ。『悪姫』がいれば、他の妃候補への牽制《けんせい》にもなるだろうしな」

（ふーむ……）

――適当にやれ、と殿下は仰った。

（つまりはご要望に適《かな》う、最高の演技をお望みになっているのね！）

適当という語のもう一つの意味を、令花はよく知らない。

「承知いたしました」

改めて、深々と伯蓮に頭《こうべ》を垂れる。

「では速やかに東宮に伺えるよう、万事整えてまいります」

「ああ。俺のほうでも支度がある、来るのは五日後の正午でいい。弟になる件については、くれぐれも内密に頼む。お前の家族にもな」

そう言って、伯蓮は今一度、こちらをじっと見据えた。

その唇が美しい弧を描く様を、令花はつい、まじまじと捉えてしまう。

「では期待しているぞ、『胡家の悪姫』。上手《うま》いこと、皆を騙《だま》してくれよ」

「かしこまりました、殿下」

拱手《きょうしゅ》して、令花は桃園を退出する。

（真の貴人は、あのように微笑《ほほえ》まれるのね。演技の参考になる……）

そんなことを考えながら。

＊＊＊

しかし思い出すうちに、疑問が胸のうちで頭をもたげてくる。

（そういえば、どこで私の本性をお知りになったのか……殿下にお尋ねできなかったわ）

胡家の内の誰かが漏洩《ろうえい》させたとは考えられない以上、伯蓮が真実を知り得る経緯は限られてくるはずだ。

（もしかして皇家の方々は、何かすごい情報網をお持ちだとか？）

とはいえ『壁の耳』の異名が示す通り、そういった情報網はすべて胡家が一手に握っているのだ。だから、そこから令花の正体が漏れるというのも考えづらい。

（……ここでどれだけ考えたところで、憶測にしかならない。今は、私にできる最善の演技をお見せするしかない）

そう考えつつも、思い返せば返すだけ、煮え切らない気持ちが湧き上がってくる。

だが、その時——窓の外の雰囲気が変わったのに気づいた令花は、『悪姫』らしい余裕をもって、そっと窓を開けてみた。いつの間にか朱雀《すざく》門を通り過ぎ、ごく限られた者しか進入を許されない場所へとやって来ていたらしい。

（なんて美しい、瑠璃瓦の屋根……！）

瑠璃の釉《うわぐすり》を使った瓦は、火を入れると鮮やかな黄金色になる。

辺りに広がるのは壮麗にして荘厳な、日常と隔絶された神秘的世界。

令花も今はすべてを忘れて、外の景色に見入ってしまう。

そして伯蓮の待つ東宮は名の通り、宮城の東——麒麟《きりん》を模した装飾に彩られたひときわ立派な門を、くぐり抜けた先にあるのだった。

＊＊＊

「ようこそおいでくださいました、胡令花様」

たどり着いた東宮にて、案内してくれたのは陳《ちん》と名乗る老宦官だ。

言わずと知れた『胡家の悪姫』に相対しても、あからさまな動揺を見せていないのはさすがである。とはいえ彼の指先が小刻みに震えているのを、令花は見過ごさなかった。

（『悪姫』の名は、禁城の中にまで届いているのね）

これは、生半可な演技は許されない。立派な悪女たるべく、より丁寧な芝居をしなくては——と、令花は内心で気合を入れた。

一方、もちろん『悪姫』は挨拶をされたからといって気安く返事などしない。

冷淡に押し黙っているこちらの姿をどう捉えたのだろうか、陳はぶるりと身震いすると、さっさと渡り廊下の先へ進むことにしたようだ。

恐怖心を紛らわせようとしているのか、彼はぺらぺらと喋《しゃべ》りはじめる。

「こ、これよりあなた様は、畏れ多くも皇太子殿下の太子妃候補となられます。ついては殿下が太子妃をお選びになるまで、東宮にてお過ごしいただくこととなりますが……」

東宮は、皇太子の行住《ぎょうじゅう》坐臥《ざが》すべてに関わる場所だ。寝起きも執務も、またその妻である太子妃や側室たちが暮らすのも、すべてこの一角となる。

一角といっても、広大な禁城の中の、であるから相当な広さだ。今は令花を含め、太子妃候補は五名しかいないようだが、仮に伯蓮がたくさんの妃嬪を集めたとしても、充分賄えるほどの場所である。

「一度東宮に入られましたら、殿下の許可なくして外に出ることは許されません。たとえ肉親であろうとも、この場にお呼び出しいただくことは罷《まか》りなりません。またこの東宮には、太子妃候補の方々の他に、数多《あまた》の宮女たちが暮らしておりますが……」

とそこまで言った後、陳は勝手にびくりと震えてからこう付け加えた。

「その……東宮に仕える者たちは、皇帝陛下の庇護《ひご》下にあります。で、ですので至らぬ点があろうとも、しょ、処断など！　け、決して、な、なっ、なしゃらぬように……！」

（しませんとも、もちろん）

気に食わない人間を投獄だの鞭打《むちう》ち刑だのに処した経験などない令花は、心の中でそう答えた。だが『悪姫』はただ無言のまま、恐ろしげな微笑みを陳に向けるばかりだ。

彼は気まずそうにごくりと喉を鳴らして押し黙り、まるで絡繰り人形のようにぎくしゃくと、先へと歩を進めるだけになってしまった。

一方で令花はといえば、はたと気づく。

――要するにこれから、まったく知らない場所で、まったく知らない人たちとの生活が始まるのだ。それを思うと、胸の奥からほんのわずかに、不安が湧き上がってくる。

（家族のみんなと離れて過ごすなんて、これまでほとんどなかったのに……）

けれど廊下の先、奥の間の扉の前に来た瞬間、寂寥《せきりょう》感は飛んで失《う》せた。

この扉が開いたその時、胡令花の新しい舞台が始まるのだ。

胸に押し迫る興奮は、演劇の幕が開く直前の期待感にも似ていた。しかし今日この日、令花は観客ではない。皆の前で演者として立つのは、他ならぬ自分なのだから。

(よし、行きましょう)

「開けよ」

短く冷淡に、しゃがれた声で『悪姫』は命令する。老宦官は速やかに言葉に従った。

重厚な装飾の施された朱塗りの扉が、音も立てずに動く。その先の空間——花角殿《かくでん》と名付けられたこの建物は、恐らく、この東宮で最も華美を極めていた。

天井と壁は『皇太子の色』とされる鮮やかな黄で塗られており、奥の壁は取り払われて、美しい中庭がよく眺められるようになっている。

置かれている椅子などの調度品の類も、一目でわかるほどに高級なものばかりだ。

そして漆黒の大理石で作られたと思《おぼ》しき、鏡のようにぴかぴかに磨き上げられた床の上には——こちらに向かって平伏する、四人の女性の姿があった。

さらにその奥にて、ひときわ豪奢《ごうしゃ》な椅子に腰かけているのは皇太子である。

「よく来たな、胡令花」

伯蓮は、厳かな声音でそう告げた。桃園で話していた時とは打って変わって、態度も所作も皇太子らしい気品に満ちている。まさに噂《うわさ》通りの貴公子といった趣だ。

とはいえ出で立《いでた》ちそのものは以前とそう変わらない彼は、臣下の礼をとる令花の姿を見た一瞬にだけ、きらりと悪戯《いたずら》っぽくその瞳を光らせる。

けれどそれに対してこちらが何か思うよりも早く、伯蓮は皇太子としての威厳ある態度で、傍らの女性たちを手で示した。

「お前と同じ太子妃候補だ。彼女らは、お前より一足先に到着したんだが……」

互いに自己紹介を終えた頃合いで、もう一人の太子妃候補として、あの『胡家の悪姫』がやって来ると知った彼女らは、自然とこの体勢になってしまったのだそうだ。

「お前たちは同じ立場でいわば同格なのだから、椅子に座って待てばいいと言い聞かせたのに、床でこうして待つと言って聞かなくてな」

「お、畏れながら」

困り顔で語る伯蓮に対し、恐る恐るか細い声を発したのは、令花から見て右から二番目に並ぶ女性だ。漆黒の床の上に流れてなお黒く長い髪が、宝玉のように輝いている。

「胡家の姫君にご挨拶するならば、伏して相対するは必然かと存じます」

「ははは、そうか？」

からからと快活に笑う伯蓮の様子は、伏している彼女たちからすれば、さぞ頼もしく思えることだろう。『悪姫』にまるで屈していないのだから。

「だが、お前たちもいつまでも冷たい床の上では辛《つら》いだろう。手短に名を告げるがいい。長い自己紹介は互いに必要としていないだろうし、な」

ちらと、伯蓮はこちらに目配せした。『悪姫』はそれに応じるでもなく、ただ女性たちの頭部に視線を送っている。端から見れば、どの首を最初に落とそうか品定めしているようにしか見えないはずだ。現に、脇に控えている陳は声にならない悲鳴をあげていた。

「で、では……僭越《せんえつ》ながら、私から」

やがて最初に口を開いたのは、やはり先ほど声を発した、美しい黒髪の女性だ。

「私は、孔瑞晶《こうずいしょう》と申します。学士の一族の、末席に座す者でございます」

震えながらも、一瞬だけ彼女、瑞晶は顔を上げた。伏し目がちのその容貌は、たおやかかつ清廉な印象だ。

(孔家といえば……確か、歴史学などの分野で素晴らしい功績を残されているご一族ね)

勉学の一環として、孔家に属する学者が著した書物を何冊も読んだ記憶がある。

(あの一族のご出身なら、きっと瑞晶殿も博識でいらっしゃるはず。もしお話しできれば、楽しい時間を過ごせそう！)

「中身の詰まった頭であれば、落としがいもあるものだけれど」

令花は本心の一部を、『悪姫』の口から告げた。瑞晶は短くヒュッと音を立てて息を呑《の》み、口を噤《つぐ》んでしまった。

「……次は私だ」

続いて声を発したのは、髪をきりりと高い位置で一纏《ひとまと》めにし、軽装ではあるが凛々《りり》しい鎧《よろい》を纏った女性だ。

「私は、徐銀雲《じょぎんうん》。右将軍・徐子石《しせき》が一子。太子妃候補として東宮に参じた身ではあるが、己が使命は、無辜《むこ》の民を守ることにあると自負している」

自分自身を鼓舞するように、銀雲は言う。なぜわざわざこんな所信表明をしたのか、といえば――目の前にいるのが、この夏輪国に巣食う（とされる）巨悪だからに違いない。

切れ長の瞳の奥では、恐怖に押しつぶされそうな闘志の炎が燻《くすぶ》っているのが見える。

（徐将軍は剛毅《ごうき》で忠誠心に篤《あつ》い方だと、お父様たちがお話ししていたような。それに、太子妃候補としてだけではない使命を帯びていらっしゃるなんて、親近感を覚えるわ）

頭の中ではそう応えつつ、『悪姫』は嘲笑《あざわら》うようにこう返す。

「これはこれは、勇ましいこと」

「くっ！」

こちらの一言を受けて、銀雲はあたかも一撃喰《く》らったかのような呻《うめ》きをあげて体勢を崩した。瑞晶が心配そうな視線を送る中、ずっと頭を両手で抱えるようにしていた女性――というより、少女と言ったほうが適切かもしれない年格好の人物が、口を開く。

「あ、あたしの名前は琥珀《こはく》……林《りん》琥珀、です」

青ざめて半泣きになっていなければ、きっと誰もが振り返る美少女だろう。自然にそう思えるほどに、琥珀と名乗った少女は子猫のように可愛《かわい》らしかった。

「義蹄《ぎてい》州の、た、太守の孫娘で……ぐすっ……ど、どうか命ばかりはぁっ！」

（ああ、そんなに緊張なさらなくても大丈夫なのに）

こういう時、つまり『悪姫』を恐れるあまりに体調を崩しかねないほど震えあがる人を見る時だけ、令花の胸はちくりと痛む。けれど恐れられることこそが胡家のため、ひいては夏輪国のためになるのだ。変な手加減をするわけにはいかない。

令花は無言のままに、ただ口の端をふっと吊《つ》り上げた。

平伏している相手に対して、こちらは立ったまま、視線だけを下に動かす。

圧倒的強者、しかも傲岸不遜、悪逆非道な者だけが見せる「見下しの笑み」――これこそが『悪姫』の真骨頂。処刑宣言のような視線を受け、琥珀はぴぃと甲高い声をあげて白目を剝《む》いた。瑞晶と銀雲も、同様にびくりと身を震わせて青ざめている。

するとそこで、勢いよく立ち上がった人物がいた。

伯蓮のすぐ隣、恐らく席次から見て一番立場が高いと思しき女性――橙《だいだい》色の衫《さん》と裙《くん》を品よく着こなした、ややふくよかな印象のあるその人は、丸顔を怒りで紅潮させ、眦《まなじり》を決して叫ぶ。

「あっ、あなたっ、いい加減になさい！」

「なっ……!?」

言葉もない驚きを発したのは瑞晶だ。それ以外の二人、銀雲と琥珀も、時が止まったように顔を引き攣《つ》らせている。

「だ、駄目……！　気を静めてください、紅玉《こうぎょく》殿！　でなければ、あなたの命が」

「いいえっ、瑞晶殿！　もう黙ってなんていられませんわ！」

紅玉、と呼ばれた橙色の衣服の女性は、激しく頭を振るようにして言った。

「いっ、いくらあの胡家の令嬢だからといって、このような無礼な方に、どうして私たちが平伏せねばなりませんのっ！」

紅玉は毅然《きぜん》と『悪姫』を指さすと、もう片方の手を強く握りしめた。

「この荘《そう》紅玉、商業の帥《すい》たる家の者として、『悪姫』に屈するわけにはいきません！」

（まあ、荘家！）

令花にはぴんと来るものがあった。

（荘家は、押しも押されもせぬ大商家。『荘の棚になき物は来世で取り寄せよ』という言葉があるほど、なんでも手に入る素敵なお店をいくつも経営なさっているとか）

夏輪国の成立時にも、孫家《そんけ》を財政面から支えたという逸話がある、由緒正しい商人の家系だ。きっと紅玉もそれを誇りに思っていて、だからこそ、彼女らの目から見れば不遜でしかない『悪姫』の態度に義憤を覚えたのだろう。

（紅玉殿は、恐怖を振り払ってでも悪しき者に立ち向《む》かう、強い正義感をお持ちなのね）

令花は素直に感嘆したが、ここでそれを口にはできない。

だから『悪姫』としてもう一度、口の両端を吊り上げてみせた。さっきよりももっと嘲りの色合いの濃い、「面白い芸を見た」と言いたげな微笑《ほほえ》みをあえて浮かべる。

「ひっ！」

女性たちの悲鳴が唱和したように響く中、『悪姫』は一歩、彼女らに近づいた。

それから、悪役らしい余裕と威厳をたっぷりと保ったまま、おもむろに告げる。

「素晴らしいご挨拶だったわ。しかし震える手は隠して仰《おっしゃ》ることね」

「うっ！」

小刻みに震えていた手を、紅玉は袖の中に隠した――なぜか、陳も手を隠しているのが横目に見えた。それはともかく、『悪姫』は相手を見下しながら、続けて語る。

「私の名は、申し上げるまでもありませんね。そして命が惜しければ、よく理解なさい。私を煩わせた者たちが、これまでにどのような目に遭ってきたか」

クククククッ、と喉だけを鳴らして笑う。夜鳴きする怪鳥の声にも似た、母からも「夢に出てきそうでした」と好評を受けた、悪女としての朗らかな笑い声だ。

女性たちは、身を寄せ合うようにしながら青ざめた。

（ここは、このくらいでいいかしら）

『悪姫』として求められる働きは、充分できたはずだ。そう判断して、令花は伯蓮へと頭《こうべ》を垂れる。

「では、挨拶はこれまで……」

「ああ、構わない」

腕組みした伯蓮は、不敵に目を細めて言った。

「今夜は、後ほどここに来る我が弟も交えて、ささやかな歓迎の宴《うたげ》を催すつもりだ。だが……お前は興味がないらしいな？」

問いかけのようでいて、いかにも断言するように語る伯蓮に対し、紅玉たちが尊崇《そんすう》の眼差《まなざ》しを向けているのが見える。きっと彼女らからすれば、皇太子のこの言葉は、自分たちから『悪姫』を遠ざけようとするものに聞こえたはずである。

一方で令花は、言外の伯蓮の意図を察した。

つまり彼は、こう言いたいのだろう――『悪姫』と入れ替わりに、いよいよ弟役をやってもらう。ついてはこの辺りで退出して、男装をして待機していろ、と。

(承知いたしました)

心の中ではそう返事しつつ、あくまでも『悪姫』として、令花は語る。

「なんと冷たいお言葉。しかし仰せの通り、私は騒がしい場所は好みませんので」

わざとらしく眉を顰《ひそ》め――そう、ここは「わざとらしく」するのがコツだ――ふっ、と口元を取り出した扇で隠す。

「弟君には、よろしくお伝えくださいませ。私は部屋に下がらせていただきます」

それと――と告げながら、おもむろに令花は後ろを見やった。そこには乗ってきた馬車からここまで運ばれてきた荷物の一部が積まれている。

「こちらは我が家より、殿下への贈り物です。どうぞ、お受け取りいただきますよう」

「お前を我が東宮にねじ込むだけでなく、献上品まで用意するとは」

伯蓮は腕組みし、貴人としての貫禄《かんろく》を崩さずに言う。

「殊勝なことだ。だが、何もかもお前たちの望む通りになるとは思うなよ」

「さて、なんのことやら」

さも恭しくお辞儀をしながら、令花は内心、伯蓮の言葉にちょっと驚いていた。

――『胡家の悪姫』が東宮に入る表向きの理由は、「胡家の悪辣な野心」。すなわち、自分たちのさらなる勢力拡大を狙った胡家が、太子妃候補が立てられるのをこれ幸いと、手練手管を駆使して『悪姫』を東宮に送り込んだのだということになっている。

それは伯蓮も知るところなのだが――それにしても。

(即興だというのに、かなりの演技力をお持ちなのですね！)

隠そうとすればするほど、秘密は明らかになっていくもの。同じく自然にしようと努めれば努めるほど、芝居はいかにも芝居っぽくなってしまうものなのだ。

そこをここまで違和感なく、こちらの演技に合わせてくれるだなんて――

(やはりこの演目は、殿下との共演。なんとしても成功に導かないと！)

改めてそう決心しつつ、令花はしずしずと太子妃候補としての部屋、というより、離れの邸宅といったほうがよいほどの広さがある建物へと移るのだった。

その後の流れは、下知を受けた時から準備していた通りだ。

これから始まるのは、太子妃候補と弟役との二重生活。素の令花の状態を見られてはならないというのはもちろん、『悪姫』と弟が同一人物だと発覚してしまってはならない。

そこで令花は、一計を案じた。

すなわち五日前から、東宮の宦官《かんがん》や宮女たちの間にこんな噂《うわさ》を流しておいたのである。

『胡家は自らの娘を東宮に送り込んだだけでなく、娘の世話をさせるために、侍女たちを宮女として潜り込ませた。一歩も外へ出ずとも、娘が何不自由なく暮らせるようにと目論《もくろ》んでいるのだ。悪姫の住まう建物は、じきに第二の胡家と化すであろう。触らぬ神に祟《たた》りなし、命惜しければゆめ近寄ることなかれ――』

つまり『悪姫』の世話は胡家から潜り込んだ人々がやるから、東宮付きの宮女たちは近寄らないほうがいい、という噂である。

そして有名無実な悪評を流すことなど、胡家の者にとっては朝飯前。何人もの人間が口に出せば、どんな嘘《うそ》でも真実と化す。

ゆえに今、令花のいる建物――東宮で過ごす高位の女性たちのためにある五つの邸宅「五彩殿《ごさいでん》」が一つ、真紅の壁に彩られた「赤殿《せきでん》」には、自分以外誰もいない。

もちろんこんな妙な噂が東宮で流れているのを、父たち胡家の人間が把握していないはずもない。けれど胡家の常として、たとえ家族間であろうと、自らが負った密命の詳細については互いに明かさないという決まりがある。そして胡家の人々は、令花を信頼してくれている。だからこそ、令花はこの任務を全力で遂行するだけだ。

（……よし）

人払いできたのを改めて確認し、さらに馬車から運び込まれた大量の荷物——東宮の人々は『悪姫』が赤殿に籠って暮らすために持ち込んだ食料や生活必需品と考えているが、実際には演技に使う衣装や小道具類である——を確認してから、令花は化粧を落とす。

あどけない本来の顔立ちを取り戻したら、荷物の一部を解《ほど》き、素早く着替えていく。胸の膨らみを抑えるように晒《さらし》を巻いた後、新たに纏《まと》うのは清潔で少年らしい、しかし質素な、貧しい民としての木綿の衣。

髪も子どもらしく、頭の上で一つのお団子のような形になるように括《くく》りなおす。

そうして鏡に映るのは、もはや『胡家の悪姫』ではない。

慎《つつ》ましやかな身なりながらどこか気品漂う、小柄な紅顔の少年である。

——狙い通りだ。素顔のままで演技をするのは初めてだし、それで本当にお役に立てるのか、不安な気持ちはあるけれど。

恐れが湧き起こりそうになるが、無理やり振り払い、弟としての台詞《せりふ》を口にする。

「僕は、伯蓮様の弟」

素の声からほんの少し低めれば、変声期前の子どもらしい声音になる。

——そう、問題ない。台詞を口にした瞬間から、令花本人としての気持ちは意識の外へと追いやられていく。

（さて……「兄上」は、なんて言ってくださるのかしら）

鏡に映る自分を見つめながら、期待感を胸に、令花は微笑んだ。

＊＊＊

そして数刻後——日が西の空に傾き始めた頃。

「おいっ、なんだよこれは！」

扉が閉まる音の後、聞こえてきたのは伯蓮の声。何やら立腹というか、困惑というか、そんな態度でまっすぐに令花の居室へやって来た彼は——令花の姿が目に入るなり、全身の動きをぴたりと止めた。双眸《そうぼう》を大きく見開き、そのまま彼の唇は一つの名を呼ぶ。

「……久遠《くおん》」

「久遠？」

思わず首を傾《かし》げて問い返してしまう。

すると伯蓮ははっとした後、ひらひらと左手を振ってみせた。

「あ、ああ、いやほら、弟役としての名前だよ。事前に考えておいたんだ、必要だろ？いやまったく、期待以上の変装だったから驚いたぜ。その点は褒めてやるよ」

「ありがとうございます」

胸に軽く手を置いた令花は、桃園の時と同様に声だけは普段と同じ調子で頭を垂れた。

（こんなにも驚いていただけるなんて、望外の喜びだわ！）

それにしては、やけに驚きすぎだったような気もするが、今は説明が肝心だろう。

「読んだ書物に登場した人物などを参考にしつつ、貧しい人々の着るような衣装を整えてまいりました。それからこの五日間、朝夕の食事を抜いております」

「は？」

こちらの言葉に、伯蓮がぎょっとした顔をしている。

「なぜ食事を……」

「もちろん、ご希望に沿うためです」

令花はにこりと微笑んだ。

「ご令弟は病弱で、しかも母上を亡くし貧しい暮らしを強いられていたという設定でしたね。そうなると三食きちんと食べられる生活はきっと難しかったでしょうし、であれば、あまりにも健康的な容姿では不自然です」

準備期間が五日と短かったので、まだ完全に納得できる精度の体重までには落とし込めていない。しかしやつれた貧相な体格になりすぎては、今度は「皇太子の弟」という、身から滲《にじ》み出る気品が求められる役どころに相応《ふさわ》しくない外見になってしまう。

「ですので、個人的に妥協できる範囲に落とし込んできました」

「お、落とし込んできた、って」

眉を顰めた伯蓮が、ぼそぼそと呟《つぶや》く声が聞こえてくる。

「俺は別にそこまでやれとは……身体《からだ》は大丈夫なんだろうな」

「はい、問題ございません。ご心配痛み入ります」

「なっ……ふん、ずいぶんと耳がいいようだな」

どういうわけか、伯蓮は気分を害したように首を横に振った。

それからはたと何かに気づいたような面持ちになり、ずっと右手に持っていたものをこちらに見えるように突きつけてくる。

「じゃなくてだな。なんだよこれは、と言っている！」

「それは……」

絹布の包みがはらりと解けると、中から分厚い紙の束が現れた。

「今後東宮で弟役を演じるうえでの、台本にございます。できるだけ早くご確認いただいたほうがよろしいかと、献上品に紛れ込ませておいたのですが」

「理屈はわかる。だが、兄弟の台詞のやり取りが五十通りとはどういうことだ！」

——どういうことだ、というのだから、つまりは理由を尋ねられているのだろう。

そう判断して、令花は正直に語った。

「生まれてから今まで地位も環境も違う場所で育ってきた兄弟が、いよいよ手を取り合って新生活を始めるとなれば、相応の説得力が必要です。ですので、いただいた基本情報の範囲で想定される『病弱で健気《けなげ》な弟君』の言動と、それに対する殿下とのやり取りを、可能な限り作成してから参じたのですが……申し訳ありません、少なかったでしょうか」

令花は眉を曇らせた。正直なところ、東宮に来るまでの馬車で欠伸《あくび》が出そうになってしまった原因はこの台本作りである。

今までの『悪姫』であれば長年の経験もあって即興でなんとかなるのだけれど、新しい役となれば話は別——ということで、念には念を入れてきたつもりだ。

(慢心はよくないわ。油断こそが身を滅《ほろ》ぼすと、お父様もよく仰《おっしゃ》っていたもの)

「至らぬ点があれば、ご指摘ください。また設定を詰めましたら、各所の見直しとやり取りの追加を行いますので」

「いや。至らぬ点というか、だな」

紙の束をばさりと近場の机に置き、伯蓮は顔を引き攣《つ》らせている。

「誰がここまでやれと言った」

「えっ」

戸惑いの声をあげるのは、今度は令花だ。

「恐れながら、『適当にやれ』と仰せになったのは殿下では……？」

「なんだと！」

一瞬、伯蓮は何か言いたげに口を開いた。だが手を額にやって軽く頭を振ると、やがて気を取り直したように言う。

「まあ……お前にやる気があるのは結構だし、ボロが出れば困るのは俺も同じだからな」

「感謝いたします。私も粉骨砕身、努力いたします」

「これ以上はしなくていい。思っていた以上にお前が変な奴《やつ》だというのはよくわかった」

ふんと鼻を鳴らしてから、伯蓮は続けて語った。

「ひとまず宴《うたげ》での挨拶は、この台本の通りでよしとしよう。後は弟についての設定を詰める必要があるが、まず俺とは輝雲《きうん》で出会ったということで……」

「いえ、それでは矛盾するかと」

殿下相手であろうときっぱりと――そう、それはひとえに演技への情熱から衝《つ》いて出た言葉だったのだが――令花は切り捨てる。

「首都たる輝雲に住まう民は、どれほど貧しい者であっても、悲惨と言えるほどの暮らしはしていないはずです。また無料の救貧院もありますから、いくら病弱といえど、殿下がお心を砕いて引き取りを決意されるほどの生活にはならないかと」

「……そうか」

きまりの悪そうな顔になり、伯蓮は言う。

「なら、ええと……信胆州《しんたん》の街ならどうだ。あそこになら俺も実際に足を運んだことがあるし、辻褄《つじつま》が合う」

「ふむ」

自然と鋭い面持ちになりつつ、令花は応えた。

「信胆州ならば、方言で話す必要が出てきますね。私も信胆方言を習ってはいますが」

「な、習う？　胡家でやったのか」

「はい、五歳の頃に」

というより、伯蓮が習っていない様子なのが意外だった。

令花の認識では、ちょっと教育に厳しい家庭ならどこでも、いざという時に地方に潜伏できるよう方言を習ったり、不審者をつけ回す時のために足音を消して歩く術《すべ》を学んだりするものだと思っていたのだが。

(あれはもしや、我が家独特の文化というか風習だったのかしら。たとえ悪を誅《ちゅう》する悪の家でなかったとしても、覚えておけば演技だけでなく、日常生活にも役立つ知識だと思っていたけれど……)

そこまで考えて、令花は思い直した。虎が狐《きつね》の狩りの方法を真似《まね》たりしないのと同様、いずれ皇帝になる方には、そんな小手先の技を覚える必要などあるはずがない。

己の不明を内心で恥じつつ、令花は告げた。

「申し訳ありませんが、私の信胆方言の精度では、いざという時に問題が起こる恐れがあります。僭越《せんえつ》ながら、仁頭《じんとう》州の寒村出身という設定ではいかがでしょう？　あそこならば輝雲とそう違わない言葉が話されておりますし、昨今の不漁から、貧しい暮らしを余儀なくされる方々も多いと聞きます」

十数年前まで、皇帝陛下が何度も視察に訪れた場所だというのも確認済みだ。

「……」

なぜかこちらから目を逸《そ》らしつつ、伯蓮は首肯した。

「じゃあ、もう、なんだ。それでいい」

「承知しました。では次に……殿下は『弟君』、久遠が皇帝陛下のご落胤《らくいん》だと、何を理由に確信されたのでしょうか」

「ああ！　その設定なら考えてあるぞ」

途端に伯蓮の表情に、ふてぶてしいまでの笑みが戻ってくる。彼は己の懐をまさぐると、令花に手中の物を差し出した。

それは佩玉《はいぎょく》、つまり帯にぶら下げて使う装身具だ。丸く磨かれた翡翠《ひすい》でできており、夏輪国では宮廷の高官あるいは貴族、皇族でなければ身に着けることは許されない。

わけても今、目の前にある物のように、麒麟の姿が浮き彫りにされている佩玉は特別だ。今上陛下の血を引く男子、すなわち皇子にのみ所持が許された品なのだから。

「こ、これは……」

「受け取れ」

言われるがままに、令花は佩玉を拝領する。手のひらの上に載ったその表面はひんやりしており、そして見た目よりもずっしりと重たい。

「どうやら、麒麟の佩玉の意味は知っているようだな」

にやにやしながら、伯蓮は語る。

「それを持つのは、皇子しかいない。つまり偶然出会った子どもが麒麟の佩玉を持っていて、しかもそれが父から託されたものだと語ったとしたら……相手が皇子だと確信するのは、当然だろう？」

「……」

「ああ、その佩玉の出処《でどころ》なら心配しなくてもいいぞ。俺の分を失《な》くしたと言って、もう一個貰《もら》ってきたんだ」

彼は自分の腰帯にぶら下げてある佩玉を手で弄《いじ》りつつ、ふんと鼻を鳴らした。

「病弱な弟は、その佩玉こそが自分の身の証《あかし》だと思って、今日これまでを懸命に生きてきた――というのでどうだ。これならなんの問題も……」

「それはおかしいですね」

ぴたりと伯蓮は語るのをやめる。しかし令花は、気にすることなく続けた。

「佩玉が身の証だと知っていたのなら、天涯孤独になった段階で、藁《わら》にも縋《すが》る思いで宮廷に保護を求めていたのではないでしょうか。佩玉を掲げれば『自分は皇子だ』と主張できるのですから……」

「あーそうか、わかったわかった！」

やや大きな声で伯蓮はこちらの言葉を遮った。了承と受け取り、令花は対案を述べる。

「では、『物売りに佩玉に似た物を持っていこうとする姿を見つけて話しかけてみたところ、少年は母を亡くし、天涯孤独で生活に困ったので、戸棚から見つけたこの品を売ろうとしたのだと語った。よくよく話を聞いてみれば、少年の母がいつか貴き方と逢瀬《おうせ》を重ねたと語っていた時期が、皇帝陛下が行幸なされた時期とぴったり一致していたので……』

ということでいかがでしょうか」

流れるようにそこまで語った後、令花は伯蓮をまっすぐ見つめる。

「設定を設定で塗り固めるより、ある程度曖昧なほうが、かえって真実味が増します。それに久遠の設定も、自らの出自をこれまで知らなかったというほうが、より純粋な可愛《かわい》らしさを演出できるかと。ちょうど先日、そのような人物が出る物語を読みましたので」

「……じゃあ、それでいい」

どことなく居心地が悪そうに、伯蓮は応えた。

とはいえ平民であった『弟君』が堂々と佩玉をつけて歩くというのも嘘《うそ》くさい印象を与えそうなので、令花はそれを身に着けることなく、大事にしまっておくことにした。

それから、令花と伯蓮は短い打ち合わせがてら何度か練習を行った。

すなわち台本の読み合わせをしたのだが、結局のところは、令花の『久遠』としての言動が伯蓮の意に適《かな》っているかどうかの確認の意味合いのほうが大きかった。

伯蓮は実に自然に、つまりわざとらしくなることなく、弟への思いやり溢《あふ》れる貴公子としてのの対応をこなしてみせたのである。令花は安堵《あんど》すると共に、素直に感服した。

「では、この台本は用済みですし燃やしましょう」

「も、燃やす?」

「証拠が残るほうが危険ですから。ご心配なく、この紙は胡家秘伝の製法で作られたものですので、すぐに着火しますし煙も人体には無害です」

台本は炉の中で綺麗《きれい》な炎と化す。その様を見つめる伯蓮は、なぜか気まずそうだった。

そうこうするうちに、ちょうど宴へ向かうのによい頃合いとなったが――

「そういえば殿下、この部屋からの移動はどうすればよろしいでしょうか? この建物には人が近づかないようにしておりますが、万が一のこともありますので、いっそのこと地中を掘って進もうかと……」

「もぐらかよ。いや、その必要はない」

部屋の隅にある一柱を軽く手で擦りつつ、彼は言う。

「東宮には古くから伝わる隠し通路が至るところにある。例えばここの装飾を、五つ数える間に続けて八回押すと……」

話すのに合わせて伯蓮が浮き彫りの花の装飾を押せば、ほとんど音も立てずに、壁際の飾り棚が扉のように開く。

「まあ……！」

さすがの令花も、これには目を丸くした。

「俺が『胡家の悪姫』の部屋から出てくるのは誰に見られたとしても構わないが、久遠が『悪姫』の部屋から出てくるのを目撃されてはまずいからな」

伯蓮はふっと目を細める。

「この通路を通っていけば、東宮の入り口近くの植え込みの中に出られる。お前はそこで待っていろ、陳を使いにやる」

「有事に備え、このような仕掛けがあるのですね。仰せの通りにいたします」

「よし」

確認するように小さく頷《うなず》いた後、伯蓮はそっと歩み寄ってきた。

それからぐっと膝を曲げ、こちらに視線を合わせるようにすると――

「では、頼んだぞ。久遠」

かけられたのは、囁《ささや》くような優しい言葉。

それと同時に伯蓮の手が伸び、ぽんぽんと二回、頭に温かなものが触れるのを感じた。

――撫《な》でられたのだ。けれども令花はもちろん、それに臆するでもない。

(殿下はもう、兄としての役に入っておられるのね)

だから屈託なく、久遠としての声音で、こう答えるのだった。

「はいっ、兄上！　お任せください」

＊＊＊

窓の奥に映る西の空が、ぼんやりと黄昏色《たそがれ》に染まっていく。

花角殿のそこかしこに置かれた灯《あか》りが燈《とも》され、絢爛《けんらん》な空間は昼と打って変わって、どこか幻想的な雰囲気に満たされた。中央に設《しつら》えられた、まだ何も運ばれていない食卓についているのは紅玉たち、太子妃候補の女性四人である。

さすがに床に座すのをやめて、今は椅子に腰かけている彼女たちだが、その面持ちは一様に暗い。見目麗しい女性が揃《そろ》いも揃ってこの世の終わりのような表情を浮かべているだなんて、端から見れば葬式会場のように思われるだろう。

けれど、無理もない話だ。彼女たちは全員が美貌、知性や教養、技能などを理由に、様々な出自から厳選され、招聘《しょうへい》を受けて東宮に参じた身。いずれは太子妃となるやもしれない、という覚悟はしていても、この夏輪国を暗然と支配する闇の一族の令嬢に、初対面で目をつけられるなんて覚悟はしていない。

一方で、部屋の上座には、ひときわ豪奢《ごうしゃ》な長椅子と食卓が二つずつ用意されている。

この後は皇太子殿下と、その「ご令弟」とされる謎の人物との宴《うたげ》の時間——と知ってはいても、胸中を覆う暗雲が晴れはしなかった。なぜこんな不幸に見舞われねばならないのかと、涙を呑《の》むばかりである。しかし——

「待たせたな」

宦官《かんがん》や宮女らが頭《こうべ》を垂れる中、伯蓮が颯爽《さっそう》と姿を見せた。端整な彼の明るい表情を見て、わずかでも救われたような気持ちを抱きつつ、紅玉たちは席を立って臣下の礼をとる。

伯蓮はそれに鷹揚《おうよう》に応えた。それから、ふと自分の横——太子妃候補たちからは壁で見えない位置にいる誰かに向かって、口を開く。その面持ちは、これまでに紅玉たちが見た伯蓮のどんな表情よりも、ずっと優しい。

「……ほら。怖がらなくていい、お前もこちらに」

弱き者を愛おしむような温かい声音に、女性たちは思わずうっとりと聞き惚《ほ》れる。

だが次の瞬間、ひょっこりと姿を見せた存在に、彼女らは一斉に目を奪われた。

「は、はい」

現れたのは、紅顔の美少年。

何やらひどく緊張した様子の彼は、一歩踏み入った部屋の内装に目を泳がせている。

「紹介しよう」

少年の肩に軽く片手を置きつつ、伯蓮は女性たちに告げる。

「これから一緒に暮らすことになった我が弟、孫久遠だ」

「は……はじめましてっ。久遠と申します！」

年の頃は十二といったところか。簡素な衣服に細身を包み、どこか初々しい可愛らしさを漂わせた久遠は、慣れない手つきで紅玉たちに拱手《きょうしゅ》する。

彼のおぼつかない動き、高く柔らかな声音、なんといってもあどけない表情ときたら！

――か、可愛い……！

その時、太子妃候補たちの心の声は、一つに重なっていたのだった。


（よかった……！　ひとまず、最初はうまく乗り切れたようね）

ぺこりとお辞儀をした状態を保ったまま、久遠――否、令花は思った。

太子妃候補たちから向けられている感情は、『悪姫』として受けたものとは真逆である。恐怖ではなく好意、拒絶ではなく興味。まさに、「皇太子殿下の大切な弟」に向けられるべき視線だ。新しい役柄のお披露目は、まずは成功といえるだろう。

（久遠が愛される存在でいなければ、殿下からのご依頼を果たせない。この後も油断せず

に励まなくては）

頭の片隅でそう思いつつ、令花は事前に計画していた通りの演技をしていく。

――ここは東宮、今まで暮らしていた村とはまったく別の世界。目の前にはこれまでに夢見たことすらないような煌《きら》びやかな空間と、こちらに関心を向けるたくさんの人々。

自分は隣に立つ「兄上」の優しい計らいのお蔭《かげ》で、あの村から抜け出して、ここまで来ることができた。だけど、まだ完全に打ち解けられたわけではないし、何より兄上と呼ぶ一言は、発するたびにどこかくすぐったい。

自分に貴い血が流れているだなんて、思いもしなかった。夢想すらしていなかった運命に翻弄されるように禁城まで連れてこられて、頭が状況に追いついていない。

混乱、困惑。けれどその最中にあって、頼れる人は伯蓮しかいない。

ならば失礼のないように、せめてここではきちんとご挨拶しないと――

――と、久遠はそう考えるはずだ。だから、令花はそれに即した演技をするのみ。

「さあ、久遠」

やがて傍らの伯蓮は軽く身を屈《かが》めると、なおも優しい声音で言った。

「今日はお前を歓迎するために、この宴の席を用意したんだ。仁頭州からここまで、来るだけでも大変だっただろう？」

それまで肩に置かれていた手が、ぽんと頭に載せられる。

顔を上げると、伯蓮の双眸《そうぼう》がこちらにまっすぐに向けられているのに気づいた。

その瞳は、心の底からの親愛を示すように穏和な光を宿している。これが演技だとわかっていなかったなら、思わず見惚《みと》れてしまってもおかしくないほどに深い愛情の籠った眼《まな》差《ざ》しで、伯蓮は告げた。

「これからは東宮を自分の家だと思って、ゆっくり寛《くつろ》ぐといい。毎日好きなことをして過ごせばいいんだし、今日のご馳走《ちそう》だって、好きなものを好きなだけ食べていいんだぞ」

（これは、台本にはない台詞《せりふ》……！）

しかし伯蓮が望むのは、まさに溺愛の対象になるような――つまり、その子のためなら皇太子としての地盤固めすら後回しにしても当然といえるような、か弱い弟だ。ならばこのように甘やかした言葉を、伯蓮が堂々と投げかけるのは自然なことである。

「あ、ありがとうございます……」

久遠は嬉《うれ》しそうにしながらも、やはり恥ずかしさが勝っているように、手をもじもじさせながら俯《うつむ》いて答えた。これが元気で腕白な少年なら、食い意地が張ってもっと大喜びするかもしれないが、久遠はあくまでも健気《けなげ》で病弱で、しかもこの場に慣れていない子どもだ。表立って大喜びはしない。

伯蓮は微笑《ほほえ》みで応えた。それから、部屋の中を手で示す。

「さあ、先に座れ」

これも台本にはなかった台詞だ。なんでも弟のほうを優先するほどに、弟を大切に思っている兄──の役に入り込んでいる伯蓮に対し、令花は素直に敬意を抱いた。

けれど、相手の勧めにおずおずと応えた久遠が小さなほうの長椅子に歩み寄った時、伯蓮は静かに声を発した。

「違うぞ、久遠。そっちじゃない」

「えっ？」

令花としての本心もあいまって、久遠はきょとんと首を傾《かし》げた。

「あのっ、こちらの席のほうが小さいので、僕が使うものなのかと」

「確かにそうだ。だけど、せっかく可愛《かわい》い弟が来てくれたのに、また離れ離れになるなんて耐えられない」

そう言うなり、伯蓮はまたこちらに歩み寄ってきた。膝を折り、目を細めた彼は囁きかけるように告げる。

「隣に座って、一緒に食べよう。そのほうが、きっと楽しいぞ」

「えっ、でも……」

この「でも」はもちろん、久遠としての言葉だ。しかし言外には、令花としての戸惑いも含まれていた。

(隣で一緒に食べたほうが、説得力が増すというお考えなのかしら)

ならば先ほどの打ち合わせの時に、事前に伝えてくれていれば——などと考えたところで、令花は気持ちを切り替える。

(いいえ、どんな劇にも即興はつきもの。殿下がお望みならば、応じなくては)

なおもこちらを優しく見つめている兄上に、久遠はこくんと頷く。

「兄上が、そう仰《おっしゃ》るなら」

「よし、決まりだな。そら、行くぞ!」

「わわっ、あっ、兄上!?」

久遠が、そして令花が本心から頓狂な声をあげてしまったのも無理はない。

伯蓮が突然、さらに身を屈めたかと思うと、軽々とこちらを抱き上げてみせたからだ。

相手の腕に座らされるような形で持ち上げられているので、痛みなどはもちろんないのだが、それはそれとしてびっくりするし、何よりとても恥ずかしい。

誰かに抱き上げられるなんて——それどころか服の布を隔てた先に、家族ではない誰かの体温をしっかり感じる機会なんて、生まれて初めてだ。

頭のてっぺんまで血が上りそうになる。けれども令花は、なんとかそれを抑え込んだ。

ここにいるのはあくまでも兄と弟、大人と子どもだ。

妙にどぎまぎしすぎては、久遠としての反応ではなくなってしまう。

わずかに頬を染める程度に留《とど》めつつも、それでも、内心では不満が零《こぼ》れた。

（ここまでなさるのなら、事前に相談してくださっても……！）

計画にない行動をいくつも唐突にされたら、演技にも支障が出る。もしそのせいで失敗してしまったら、困るのはこちらだけでなく、殿下だって同じはずなのに。

そうは思いつつもひとまず、令花は伯蓮の肩に摑《つか》まった。それから真意を探りたくて相手の顔を見てみれば、伯蓮としっかり目が合う。彼の眼差しは、今も優しく温かなもののままに見えるだろう。――距離をとって眺めているならば。

間近で見る伯蓮の目つきは、違った。

彼の細められた目の奥には、先ほどまでとは異なる、悪戯《いたずら》っぽい色が宿っている。

（も、もしや）

久遠は、そして令花は、はたと目を瞬《しばたた》かせた。

（殿下は私が焦るとわかったうえで、わざとやっていらっしゃるの？）

――だとしたら、なぜ？　殿下になんの得が？　と令花が疑問を浮かべている間に、伯蓮は弟をさっさと、自分と同じ長椅子の隣に運んで座らせていた。

「ほら！　こうしたほうがいいだろう」

にこやかに、太子妃候補たちに喧伝《けんでん》するように、伯蓮は言う。

「お前は身体《からだ》が弱いんだから、無理せずにな。これまで、一人でずっと頑張ってきたんだ。これから先は、いつだって兄上に頼っていいんだぞ」

「はっ、はい……」

久遠は頰をぼんやりと赤く染め、頷《うなず》いた。

紅玉たちが「可愛い……」「美しい兄弟愛ですね」などと囁《ささや》き合っているのが聞こえてくる。宦官や宮女たちも、微笑ましいものを見守るように和やかな雰囲気だ。

（う—ん……台本にない演技ばかりなさっては、少し困ってしまうけれど）

久遠としてもじもじ照れながら、頭の片隅で考えた。

（でも、ご好評いただけているのは、殿下の即興劇があったからこそかしら。ならば、きっとこれでよかったはず）

令花は、それで納得しようとした。

だが残念なことに、台本にない伯蓮の溺愛は、止まるところを知らなかったのである。

「久遠、蟹《かに》料理が出てきたぞ。兄上が剝《む》いてやろうな」

「え、そ、そんなっ」

隣にぴったりくっつくように座っている伯蓮が、久遠の前に並んだ蒸し蟹料理に、かいがいしく手を伸ばす。相手の袖を少し取るようにしながら、久遠は慌てて言った。

「僕、自分でできます。お気になさらず、兄上はお食事を……」

「何を言っている、遠慮するな」

にこやかに伯蓮は言う。

「こういうのはコツが必要なんだ、お前は知らないだろう？　それにお前の指は柔らかいから、ひょっとすると殻で怪我《けが》してしまうかもしれない」

語る間に、伯蓮は手際よく蟹の殻を剝いてくれた。

珊瑚《さんご》のような色合いの蟹肉が、灯《あか》りを反射して輝いて見える。ほかほかとあがる湯気は、ほのかに香草の香りを纏《まと》っていた。

「ほら、あーん」

伯蓮は手に持った蟹の脚の身を、そのまま久遠の口元へと運んでみせる。

（えっ、あーんって……!?）

咄嗟《とっさ》のことに、令花もたじろいだ。相手が皇太子殿下だという以前に、食べさせてもらうだなんて、いくらなんでも恥ずかしすぎる！

「あ、兄上！　食べ方なら知っています……」

「だから、言っただろう。遠慮するなって」

にこにこと心底楽しそうに応えた後、ふと、伯蓮の笑みが翳《かげ》る。

「家族での食事なんて、久しぶりのはずだ。それにこんな場所に連れてこられて、さぞ心細いだろう……少しでも、心安らかに過ごしてほしいんだ。お前にとっては、お節介かもしれないけれど」

懇願するように放たれたのは、兄としての慈しみに溢《あふ》れた言葉だ。

（お考えは理解できますが……兄弟だからと言って、幼子ならともかく、普通はこのようなことはしないものでは）

しかし太子妃候補たちを横目で見ると、彼女らの視線はこちらに釘付《くぎづ》けになっていた。

「殿下は慈しみに溢れた方なのですね……」

「あはは、照れちゃって。久遠くん、かーわいい！」

瑞晶が感嘆したように涙ぐむ横で、琥珀が自分の頬に手をやって笑っている。

温かなこの空間と美味《おい》しい食事も相俟《あいま》って、彼女たちはすっかり寛ぎ、伯蓮と久遠のやり取りに夢中になっているようだ。

(皆さんがこちらを見ている。私が変にたじろいで、不審に思われたら、これまでの計画がすべて無意味になってしまう)

伯蓮の意図はわからない。でも演技の失敗だけは、するべきでないし、したくない。

となれば、なすべきは一つ。覚悟を決めて、久遠は言われるがままに口を開けた。

柔らかな蟹の身は、舌の上でほろほろと解《ほど》けるように溶けていく。

――美味しいはずなのに、なんだか味が薄く感じるのは、緊張のせいだろうか。

(ううっ！　私が、本番で緊張してしまうだなんて)

己の未熟さを突きつけられるような気持ちになるのと同時に、やっぱり解《げ》せない。

どうして伯蓮は、計画にない言動ばかりするのだろう？

尽きない疑問を抱えたまま、令花は『久遠』としての演技を続けるのだった。

「久遠、口の横が汚れているぞ。拭いてやろう」

「あ、ありがとうございます」

(赤ちゃんではないのですから、拭くくらいできますよ……！)

内心ではそう反論しつつも、久遠はされるがままになっていた。弟の口の周りを丁寧に手巾《しゅきん》で拭いてみせた伯蓮は、とびきりの笑顔を見せている。

既に料理はほとんど平らげられていた。太子妃候補たちも、口々に「満腹です、いろいろな意味で」というようなことを語っている。

(食事の介助だけでなく、身体が冷えないように温かい飲み物を用意してくださったり、膝掛けをくださったり、余興に楽団を呼んでくださったり……殿下が久遠を大切に思っていらっしゃるのは、皆さんに理解してもらえたと思うけれど)

果たして、ここまでやる必要があったのだろうか。

令花が内心で首を傾げるうちに、伯蓮が軽く手を叩《たた》いてみせた。

「さて！　宴もたけなわというところだが、そろそろお開きとしよう。久遠、満足できたか？　お腹《なか》いっぱいになったか？」

「はい、兄上」

久遠はこくりと頷いた。それを満足そうに見つめてから、伯蓮は言う。

「お前がこれから暮らすのは『薫香殿《くんこうでん》』……東宮の中央にある、本来は皇太子のための建物だ。古参の宮女たちに世話を頼んでいるから、何かあったらいつでも言うようにな」

「ありがとうございます」

「よし。遠慮はするなよ」

伯蓮は座る向きを変え、こちらの肩に両手を置いた。突然の温《ぬく》もりに令花が驚いていると、次いで彼は、諸手《もろて》を背に向かって滑り込ませるようにして、『弟』を掻《か》き抱《いだ》く。

「え……」

戸惑う久遠。だがその耳元に向かって、伯蓮はこっそりと囁いた。

「今日はご苦労だったな。あの胡令花がたじろぐ姿なんて、珍しい光景を見られたものだ」

（なっ……⁉）

驚愕《きょうがく》した令花は身を引き離し、ついまじまじと相手の顔を見てしまう。すると伯蓮は、例のやや軽薄な、にやにやした笑いを浮かべていた——こちらにしか見えない角度で！

瞬間、はたと気づく。

（も、もしや……殿下が台本にない行動ばかりとっておられたのは）

そのほうが効果的だからでも、やむにやまれぬ事情があるからでもなんでもなく——

（ただ単に、私が驚くところを見たかったからというだけ？　つまり私は）

からかわれていたのでは⁉

結論に達した瞬間、かっと胸中にこみ上げるものがあった。それが困惑交じりの怒りであるのに令花が気づいた時、伯蓮は既に席を立っていた。

「では皆の者」

伯蓮は朗々と、その場にいる者たちに宣言するように語りかけた。

「これからも久遠のことを、どうかよろしく頼む」

「お任せくださいませ、殿下」

陳が礼儀正しく頭《こうべ》を垂れ、周りの宮女や宦官《かんがん》たちもそれに従う。太子妃候補たちもまた、深々とお辞儀をしている。伯蓮は穏やかに応え、久遠に優しい一瞥《いちべつ》をくれてから、先に花角殿を退出するのだった。

地位が高い人物が最初に退出するのは当然であり――久遠は拱手《きょうしゅ》して見送るしかない。きっとこの姿は端から見れば、健気《けなげ》で礼儀正しい態度の顕《あらわ》れだと思われることだろう。

しかし令花の心境は、もちろん違う。

(殿下ったら……どういうおつもりなのかしら！)

さすがの令花も、はっきり腹を立てていた。

(私が弟君の役をやっているのは、殿下のご依頼なのに……計画を台無しにしかねないことをするばかりか、その理由が、私がうろたえるところを見たかったからだなんて)

身勝手というだけでなく、無意味だし理解できない行為だ。どうやら伯蓮は、思っていた以上に世評と違う人物だったらしい。

とはいえ、ここで責務を放って逃げ出すわけにもいかない。演じ切ると決めた役柄を放棄してしまうなんて、誰よりも令花自身が認められないのだ。

それに胡家として、皇家からの任務遂行を断念するなどもってのほかである。

となれば、方策は一つ。殿下も唖然《あぜん》とさせるほど見事に久遠の演技をやり抜いて、殿下に、自分の過ちを自覚していただく他ない。

（やると言ったらやってみせます。からかっていられるのも今のうちですよ、殿下！）

心の中でそう宣言しつつ、伯蓮が出て行った扉をじっと睨《にら》む。

「久遠くん！」

すると背後からかけられたのは、明るく可愛《かわい》らしい、琥珀の声だ。

振り返れば思った通り、琥珀をはじめとした四人の太子妃候補たちが佇《たたず》んでいる。

「ねえ、ええと、久遠くんって呼んでもいいよね？　あたしたちも今日、このお城に来たばかりなんだ。よかったら、仲良くしてね」

「また明日になったら、お外で遊びましょう。久遠様が面白いと思われるようなお話も、少しはできるかと存じます」

琥珀と瑞晶だけでなく、さっき『悪姫』として会った時は怒り心頭に発していた紅玉や、険しい顔をしていた銀雲も、にこやかにこちらを見つめていた。

「もし食後の甘味が必要なら、私の部屋から持ってきてさしあげましょうか？」

「健康的な身体《からだ》づくりがしたいなら、徐家直伝の体操でもご教授しよう」

「か、感謝申し上げます」

（なんていい人たちなのかしら……！）

来たばかりで不安なのは、彼女たちとて同じはずだ。それなのに今、目の前にいる少年を気遣って優しい言葉をかけてくれている。

もちろんそこには、久遠と仲良くすれば、伯蓮の覚えもめでたくなるという打算も含まれているのかもしれない。だがある意味、太子妃候補として当たり前の行動なのだ。

彼女たちは真剣に、この場に向き合っている。だからこそ、太子妃を決めないための企てに加担している事実が、とても後ろめたく思えてしまった。

（この方たちは、太子妃候補という役柄に身を置いてこれからの日々を過ごす。それなのに、殿下はまったく向き合うつもりはない……）

伯蓮は本気で、自分が気楽に生きるために責務から逃げ回るつもりなのだろうか。太子妃候補たちを放っておいて、安楽だけを追い求めるのだろうか。——本当に？

ともあれ令花は久遠として、妃候補《きさき》たちにぺこりと頭を下げる。その動作だけで、途端に彼女たちは色めきたった。

「やっぱり可愛い～、久遠くん！　お目目がくりくり！」

「さすが皇家の血に連なる方は、幼い頃から泰然としていらっしゃるのですね」

久遠は手を引かれ、椅子を勧められ、あれよあれよという間に太子妃候補たちの輪の中心に据えられてしまう。

彼女たちからは口々に、久遠自身についての事柄だけでなく、伯蓮に関する質問を投げかけられた。伯蓮と出会った時はどんな感じだったのか、二人きりの時の殿下も、今日のように優しいのか、など。

役柄に反しない程度に、久遠は答えを口にした。その度に太子妃候補たちはきゃっきゃと喜んでいる。それを見ると、令花も少しだけ気分が和らいだ。

だが、ふいに銀雲が口を開く。

「それにしても、殿下はこのような時間に、どちらへおいでになったのだろう」

「えっ？」

久遠として、そして令花としての本心も交えて、問いかける。

「薫香殿というお屋敷《やしき》に戻られたのではないのですか？」

「ああ、久遠様はご存じないのだな」

銀雲はさらりと、あくまでも冷静に告げた。

「父から聞いた話では、殿下はいつも薫香殿で寝起きなさっていないそうなのだ。どこか他の場所で、大事なご用事をこなしていらっしゃるらしい」

「えーっ、そうなの？」

目を丸くしているのは琥珀だ。

「でも、もう夜遅いのに……いったい、どんなお仕事なんだろう」

（もしや）

令花の脳裏を過《よ》ぎったのは、桃園での伯蓮の言葉だ。

『俺は好きな時に好きな場所で、好きなように戯れたり、昼寝をしたり、思うさま酒を楽しんだりする毎日を守りたいんだ』

もしその言葉が正しいのなら、彼は夜な夜な外へ……？

（いえ、まさかそこまで）

内心で首を傾《かし》げる令花の隣で、銀雲もまた首を捻《ひね》っている。

「公務の時間は、既に終わっているはず。どのようなお仕事なのかは、私にも……」

「うふふっ。ああら、お仕事とは限らなくってよ」

低く笑いながら、そんなことを言ったのは紅玉だ。その場の全員の視線を集めながら、彼女は続けてこう語った。

「お忘れじゃありませんこと？　私どもと同時に東宮にいらした、かのご令嬢の存在を」

口元を扇で隠して言う紅玉の言葉に、途端に太子妃候補たちは顔色を変えた。

「えっ、それってもしかして胡家の」

「しっ、いけません琥珀殿！　みだりに彼女の名を唱えては」

素早く相手の口を塞いだのは、瑞晶だ。

「胡家の別名は『壁の耳』、どこから話が漏れるかわかりませんよ」

「あっ。そ、そうだね！」

琥珀はこくこくと頷《うなず》いている。令花は少し誇らしいような気持ちになった。

一方で銀雲は、不審な顔で腕組みをして紅玉に問いかける。

「ふむ？　紅玉殿、それはいかなる意味だろうか。かの姫君は胡家によって東宮にねじ込まれたのだと、殿下も仰せだったと思うが」

「ふふふ、確かにそうでしたわね」

扇の下で含み笑いした紅玉は、しかし、よく見れば額にうっすらと汗を浮かべていた。

「けれど、虚が実に転じたとしたらどういたします？」

「ど、どういう意味でしょうか……？」

久遠の問いかけに、紅玉は優しい微笑《ほほえ》みを向けてから、深刻な面持ちに戻り答える。

「殿下は王者たる気品と気迫に満ちた方ですわ。けれどそんな方でも、かの姫君の魔手からは逃れられなかったのでしょう。実は私、たまたま見てしまったんですの。今日の夕方、かの姫の居室からお出《い》でになる殿下の姿を！」

打ち合わせの後の姿だ。

まあ、と瑞晶は自分の口に手をやった。

「それは誠ですか、紅玉殿!?」

「わざわざ殿下が、共に時間をお過ごしになっただと。では、まさかっ！」

「あの姫様が、既に殿下のご寵愛《ちょうあい》を受けている……ってこと!?」

（えっ？）

令花は一瞬、耳を疑った。けれども太子妃候補たちは、一斉に目を見合わせている。

そして口々に、思うところを語りはじめた。

「あの姫の部屋からお出でになった時の殿下のご様子は、いつもとお変わりありませんでしたわ。でもなんだか、どことなく楽しげでいらしたような」

「歴史は繰り返す、とは言い得て妙なもの。百年前の禁城でも、胡家の姫君が後宮に入ろうとした事例があったと聞きます。この東宮で同じことがまた……!?」

「くっ、殿下が毒牙にかかってしまうなんて！　徐銀雲、一生の不覚！」

「初日で殿下の寵妃になっちゃうなんて。あの姫様、何をしたの!?」

（ち、違います！）

久遠として当たり障りのない表情（ぽかんとした戸惑い顔）を浮かべつつ、声にならない叫びをあげたのは令花である。

（『胡家の悪姫』は、殿下の寵妃などではありません！　というより、たとえお相手が殿下だとしても、誰かの寵妃になるだなんて『胡家の悪姫』の目指すところとは違います！）

何者にも媚《こ》びず、屈さず、常に超然と周囲を睥睨《へいげい》してこその『悪姫』なのだ。

それが噂《うわさ》の中だけとはいえ、殿下の寵妃になってしまうだなんて――このままでは久遠として伯蓮のからかい相手にされてしまう、というだけでなく、これまでずっと守り続けてきた『悪姫』の印象までもが変わってしまう！

思っていた以上に怪しい雲行きに、令花は内心で頭を抱えた。

（ど、どうしましょう。殿下にはちゃんと皇太子としての責務に向き合っていただきたいし、けれど……『悪姫』が寵妃になってしまうなんて、絶対に認められない！）

――何もかも、思っていたのと違う！　そう言いたくても言えないので、令花はただ、太子妃候補たちの膨らむ妄想を聞いているだけだった。

「このままだとあの姫様がすぐ太子妃に選ばれて、あたしたちはお払い箱かなぁ」

「いいえ。殿下は聡明《そうめい》な方、恐らくは道ならぬ恋にお悩みでいらっしゃるはずです」

「つまり、恋と皇太子としての責務に挟まれ、苦しまれているってワケですわね」

「だから弟君をあんなに可愛がり、心の均衡を保っておいでだったのか。だがこうしている間にも、またあの令嬢の魔の手が殿下に……！」

（ち、違いますー！）

令花は、ただ心中で否定するだけだった。それ以外は何もできない。久遠と『悪姫』とは面識もなく、久遠が姫君についてあれこれ口にするのは、役柄に反した行いだからだ。

（どうにかして、『悪姫』についての誤解を解かなくちゃ……！）

そう思っていた。

四日後、絹を裂くような悲鳴が響くまでは。

第三幕　悪姫、看破すること

久遠《くおん》が東宮に来て、三日ほど経《た》ったある日。中天に昇った陽《ひ》の光が、ぽかぽかと辺りを照らす穏やかな時のことだ。

「あ、久遠くん！」

中庭に向かう途中、たまたま合流した琥珀《こはく》が呼びかけてきた。彼女の視線は、こちらの顔ではなく手元に向けられている。

「その服、袖のところが少しほつれかけているみたい。どこかに引っかけちゃったのかな？　直してあげるから、こっちに来て」

「えっ」

そう言われて見てみれば、確かに――着ている絹製の服（もちろん伯蓮《はくれん》が「溺愛」する弟のためにと拵《こしら》えさせた特別な衣服だ）の袖の糸がほつれている。

「ありがとうございます、琥珀殿」

おずおずと久遠が歩み寄ると、琥珀は懐から小さな裁縫箱を取り出し、針と糸とを巧みに動かして、袖口を瞬く間に繕ってくれた。

「わっ、すごい！」

久遠が素直に感嘆すると、琥珀はにこりと笑って、最後に糸をぱつんと糸切鋏《ばさみ》で断ち切った。真っ赤な梅の意匠が施された鋏を小箱に仕舞いつつ、彼女は言う。

「おばあちゃんが元お針子で、仕事を習っていたから、あたし裁縫は得意なの。服のことで困ったら、いつでも言ってね！」

箱を懐に戻すと、彼女は優しく久遠の手を引いた。

「さ、一緒にあっちでご飯を食べよう！　みんなも待っているよ」

「はっ、はい！」

向かう先、中庭の真ん中には、運び込まれた食卓がある。周りには三人の女性たち——紅玉《こうぎょく》、瑞晶《ずいしょう》、銀雲《ぎんうん》がいた。既に卓の上には、美味《お い》しそうな昼食が並べられている。

今日は天気もいいし、みんなで気晴らしに外でご飯を食べよう、ということになっているのだ。

鼻歌交じりに紅玉たちに挨拶する琥珀の様子を眺めつつ、久遠、いや、令花《れいか》は思う。

（太子妃候補の皆さんと、久遠がどんどん仲良くなっているのはいいけれど……状況はまったく変わっていない）

そう、あの日の宴《うたげ》以来、令花を巡る状況にはまったく変化がない。

というより、どちらかというと悪化しているのだ。

宴の夜、結局のところ、銀雲が語っていた通り伯蓮は薫香殿《くんこうでん》に姿を見せなかった。

翌朝、どこからか帰ってきた伯蓮は──彼の髪の香りに、僅かに酒気が混じっているのを令花は見逃さなかったのだが──久遠に宛がわれた部屋に、わざわざ顔を見せた。そして宮女たちの前で、『弟』と一緒に朝食をとったのだ。

もちろん隣に座り、優しく言葉をかけ、粥《かゆ》を匙《さじ》で掬《すく》ってふーふーして冷ました後、久遠の口元にまで持ってきてくれる溺愛ぶりである。

そして食べ終わると、また「用事がある」と告げて東宮から去ってしまった。

「ごめんな、兄上には仕事があるんだ」

久遠の頭をぽんぽんと撫《な》でつつそう語る彼の目は、やっぱりこちらに向いている時だけひどくにやにやしている。

(からかうのはやめてください)

本当はそう言いたいが、久遠は絶対にそんなことを言わない。なんとか作った笑顔で、伯蓮を送り出した。

これと同じ状況は、その日の夕食でも、翌日の朝食でも……さらに今朝もまた訪れた。

どうやらこれは、別に珍しいことではないらしい。

後で宮女たちにそれとなく聞いてみたものの、伯蓮がどこに出かけているのかは、彼女らもきちんと把握しているわけではないようだった。

「朝議にはお出でになっていないそうですが……ああ、きっと遠くでお仕事なさっているのでしょう。決してお仲間と遊び歩いておられるわけではありませんよ！」

久遠の世話担当となった、東宮でも古株の宮女・暮春《ぼしゅん》は、苦笑いと共にそう答えてくれた。礼を述べつつ、頭の片隅で令花は呟《つぶや》く。

（どこかで遊んでいらっしゃるのね……）

伯蓮はからかいも、放埓《ほうらつ》な遊びも、一向にやめてくれそうにない。

一方で太子妃候補たちとは、互いを知る機会がどんどん増えていった。彼女たちは素直で可愛《かわい》い久遠を、とても気に入ってくれたようだ。皇太子の弟としてではなく、ただ一人の少年として懇意にしてくれているのだと、今ならはっきり断言できる。

このところは、日中それぞれの部屋で過ごすより、皆で集まってお喋《しゃべ》りをしたり、のんびり庭園を散歩したり、紙牌《しはい》を使った遊戯や囲碁などで遊ぶのが定番と化していた。

そしてそれは同年代の友人がいない――というより、家族や側仕《そばづか》え以外の人たちと親しく接する機会がまったくなかった令花にとって、何よりも新鮮で嬉《うれ》しい時間だ。

（『悪姫《あっき》』だけを演じていた時は、こうはいかなかったもの。別の役柄を得ると、こんなに楽しいことも起こるのね……たとえ、素顔での演技でも）

自分自身ではなく久遠として過ごす時間だとしても、その喜びは変わらない。

「本当は私たち、当初は少し、互いの距離を測りかねていたんですのよ」

昼食の席で、蒸したての肉饅頭《にくまんじゅう》を丁寧に千切りつつ、紅玉は言った。

「私たちは生家から、期待を込めて東宮へ送り込まれました。ですので、やはり……」

「ああ」

銀雲が軽く頷《うなず》く。

「いわば、畏れ多くも殿下のご寵愛を巡って争う好敵手。馴《な》れ合いなど不要だと、私も思っていたとも」

「でもあの時、考えを改めたのです」

「そう、例の姫様が来た時にね！」

勢いよく琥珀は言った。

「あの人を見た時、一瞬でわかったもん。あたしたち同士で睨《にら》み合っている場合じゃない、もっと怖い人がここにいるんだ、って」

「まさに大同団結、むしろ同病相憐《あわ》れむといったところでしょうか。かの姫が現れた瞬間、私たちの心が自然と一つになったのを感じました」

瑞晶が言うと、女性たちは頷き合った。これには令花も確かな手応えを感じて、誇らしい気持ちになる。

(悪を誅《ちゅう》する悪として、人々の心を一つに纏《まと》め上げる。胡《こ》家のご先祖様に恥じない働きを、私もできたと思っていいのかしら)

己を仮初めの巨悪として、人々に連帯を促すのは、胡家の役割の一つである。いくら同じ皇太子からの寵愛《ちょうあい》を求める者たち同士だといっても、互いが互いを憎み合い、いがみ合うのが健全な状態であるはずがない。

(『胡家の悪姫』が仲良くなるきっかけになれたのなら、光栄だわ)

そう思う気持ちに嘘《うそ》はない。

「それで、どうですの？　あの姫君の現状について、皆様は何かご存じかしら」

話題を変え、ずいっ、と身を乗り出すようにして問うてくる紅玉に、銀雲たちは一様に深刻な眼差《まなざ》しを返した。

「うむ。私は朝の鍛錬がてら、遠くから赤殿《せきでん》を窺《うかが》った。どうやら、実家の侍女たちを連れ込んで世話させているというのは本当のようだな……周囲は実に静かなものだった。食料品の類も溜《た》め込んで内々で消費していると聞くし、まるで籠城戦だ」

「もっとも、息を潜めて身を守っているのはこちらですけれどね。胡家に関して詮索は無用というのは、輝雲《きうん》に住まう者たちの間では常識でしたもの」

「確かに。胡家ともなれば東宮内に配下の者を入れるのはおろか、何事か企てているかもしれないが……万が一、現場を見聞きしてしまえば命はあるまい。赤殿には近寄らないというのが、私たちにとって一番の防衛策だろうな」

──人払いの策は、ここにきても上手《うま》くいっている。お蔭《かげ》で令花は普段、もっぱら久遠として生活できているのだ。

一方で、琥珀はどこか青い顔になって言う。

「あたしは、特に何も。あの姫様に会ったのは、宴の夜が最後かな」

「私もです。しかし……」

と言ったのは瑞晶だ。

「我が家に伝わる古文書によれば、この東宮にはいくつもの隠し通路や、抜け道の類が存在するとか。あの姫君の部屋に直接通じる通路も、もしかしたらあるのかもしれません」

(仰《おっしゃ》る通りだわ、瑞晶殿)

久遠として昼食をとりながら、令花はちょっと驚く。すると瑞晶は、さらにこんな言葉を続けた。

「であれば、殿下がその通路を使ってかの姫君と逢瀬《おうせ》を重ねていらしたとしても、私たちにそれが感知できないのは当然かと」

(ええっ!)

令花は脳内で否定した。

(殿下は過日の打ち合わせ以来、一度も赤殿にはおいでになっていないのですが……!)

しかし太子妃候補たちにとって、『胡家の悪姫』は伯蓮殿下の寵妃《ちょうひ》ではないか」という疑惑は、かなり深刻な問題らしい。彼女たちは途端に緊迫した面持ちになった。

「そういえば久遠くん、前に話してくれたよね。伯蓮殿下はいつも用事があるって言って、夜になると薫香殿から出ていくって」

「は、はい」

話の流れで、昨日琥珀にそんなことを言った記憶はあるが――

「なんですって!?」

「隠し通路の話が、にわかに信憑《しんぴょう》性を帯びてきましたね……!」

紅玉が驚愕《きょうがく》し、瑞晶が冷や汗を垂らす中、銀雲が唇を嚙《か》むようにして語る。

「くっ、なんということだ。殿下は人目を忍んでまで、かの令嬢との逢瀬を重ねておいでなのか。そこまで、お心を奪われているとは！」

「うう、でもあたしたちじゃどうすることもできないよ。あの姫様、すごく怖いし」

「ふーむ……そうですわ、久遠様」

紅玉が、こちらに話題を振ってきた。

「あなた様は、いかがですの？　殿下から、例の……この東宮にいるもう一人の候補の姫君について、何かお話を伺ったことはありまして？」

（あら！　これは好機だわ）

令花は内心で意気込んだ。『悪姫』に対する誤解を解くなら、今しかない。

「えぇっと」

冷静に言葉を選んでから、令花は久遠として答える。

「いいえ、僕は何も。あっ、でも、そういえば昨日の朝ご飯の時に」

思い出すように視線を泳がせつつ、久遠は言った。

「近頃の胡家の悪行は目に余ると、兄上が仰っていました。僕がもっと元気になるまでに、国内の悪者たちをなんとかしたいんですって。あの姫君が胡家から送り出されてきたのは、むしろ都合がいいと言っていました」

——もちろん、これはまったくの嘘だ。

でも女性たちは久遠が出まかせを言っているなどとは微塵《みじん》も思わない様子で、ふむふむと頷いている。そこで、久遠はここぞとばかりに咳払《せきばら》いしてから告げた。

「だから僕は、兄上はきっと寵愛しているフリをして、姫君を油断させようとなさっているんだと思います。遠からず、『悪姫』はやっつけられるのではないでしょうか！」

「……」

太子妃候補たちは、揃《そろ》って目を瞬《しばたた》かせた。しばらく黙り込み、それからやがて堰《せき》を切ったように笑いはじめたのは、琥珀だった。

「ぷっ……あはははは！」

同じく、つられたように笑い出した女性たちを見つめつつ、久遠は戸惑う。

「あの、どうされたのですか？」

「だって、久遠くん」

目に浮かぶ涙を指で拭いつつ、琥珀は言う。

「すごくしっかりしているのに、やっぱりまだまだコドモなんだなって思ったんだもん。ごめんね」

「お言葉ですが、久遠様。男女の仲は、目に見えるものだけで語れはしないのですよ」

瑞晶が冗談めかして窘《たしな》めるように告げる横で、銀雲が腕組みして口を開いた。

「もし本気で殿下がかの令嬢を疎んじていらっしゃるのなら、放置はなさらぬはず。幽閉もされずにそのままというのが、ご寵愛の何よりの証左かもしれないな」

(ち、違います)

「私どもは引き続き、殿下のお心が完全に『悪姫』に奪われることがないように祈るばかりですわね。もっとも」

と、それまで笑っていた紅玉がふと深刻な眼差しになる。

「胡家は『壁の耳』。この会話すら、筒抜けかもしれませんけれど」

紅玉がそう言うと、女性たちは口を閉ざした。琥珀に至っては、自分の口を両手で塞いでいる。

(筒抜けではありますが、それよりも『悪姫』は誰の寵妃にもならないと主張したい……ああ、主張したいのに!)

久遠としての令花はただ、頭の中でそうやって否定しながら、そそくさと昼食を平らげるしかないのであった。

そう——こんなやり取りが続いたまま、日々が過ぎていくのかと思っていたのだが。

＊＊＊

「きゃあぁあああーっ！」

突如として響いた絹を裂くような悲鳴に、令花ははっと目を覚ました。

翌日、早朝。

（この声は……紅玉殿⁉）

久遠として宛がわれた部屋の寝台から、弾《はじ》かれたように身を起こす。寝間着の上に上衣を素早く着込み、令花は部屋を飛び出した。

（紅玉殿の住まいは、ここからほど近い黄殿《おうでん》。あんなにも大きな悲鳴をあげられるなんて、ただごとではないわ……！）

悲鳴の後、こちらの耳には何も届かない。

滑って転んでしまった、という程度であればそれでいい。

畏れ多くも東宮にまで忍び込んできた物盗《と》りか、慮外者か、でなければ——

明らかな緊急事態を前に、心臓が早鐘を打っている。紅玉は無事だろうか。

けれど胸を衝《つ》き上げる焦燥感を、令花は深呼吸で強引に掻《か》き消した。

自分の心を調整する術《すべ》は心得ている。今は慌てている場合ではない。

廊下を走り、そのまま薫香殿を飛び出してみれば、数人の宮女たちが慌てている他は、時間帯もあってまだ誰もいない。令花はそのまま、黄殿の前に辿《たど》り着く。

「紅玉殿！　久遠です、大丈夫ですか⁉」

呼ばわりながら勢いよく扉を開け、返事を待たずして中に飛び込むと——

「あ、あ、あぁあ……！」

声にならない悲鳴をあげて、床の上で腰を抜かしている寝間着姿の紅玉がいた。

彼女が震える人差し指を向ける先、つまり部屋の中央に目を向けると、真紅の液体に浸《つ》かる大きな塊がある。閉め切られた窓の隙間から差し込む暁光が、一対の耳と角、黒い体毛、長い鼻口部、虚《うつ》ろな目を持つ何かを照らした。

すなわち、切断された牛の首だ。

殺されてから、しばらく経《た》っているのだろう。もはや何も映さないその両目は白く濁り、僅かに開いた口からは赤黒く分厚い舌が覗《のぞ》いている。切り口から溢《あふ》れた血液が、床の絨《じゅう》毯《たん》に大きな染みを作っていた。

紅玉にすぐに声をかけることもできず、令花はしばし、息を呑《の》んで牛の死骸を見つめる。

かすかに耳に届く雑音が、首に集っている蠅《こばえ》の羽音だと気づくのに、さすがに少し時間がかかった。

（こ、これは……！）

当然の話だが、こんなモノが、いきなり部屋の真ん中に現れるはずがない。

誰かが死んだ牛の首を、夜のうちに紅玉の部屋へ運び込んだのだ。

嫌がらせ、警告、それとも──否、いったい誰がこんなことを。考える間もなく、次に部屋に飛び込んできたのは他の太子妃候補たち、そして宮女たちだった。

「無事かっ、紅玉殿！」

「叫び声が私たちのところまで……きゃあっ！」

木剣を手にやって来た銀雲、そして瑞晶や琥珀もまた、悲鳴をあげて顔を覆っている。

宮女のうち幾人かが、部屋の惨状を見てへたり込んでいた。

「……紅玉殿っ！」

硬直から解放された令花は、久遠としての声音で、紅玉の近くに駆け寄った。

「けっ、怪我《けが》はありませんか。大丈夫ですか？」

「あ、あぁ、久遠様。ええ、私は無事、ですわ……」

憔悴《しょうすい》しきった様子で頷《うなず》いた紅玉は、幸いなことに傷一つ負っていないようだ。こちらの手を借りてなんとか立ち上がった彼女を、駆け寄ってきた琥珀と瑞晶が慰めている。

（よかった）

ほっと胸を撫《な》で下ろし、再び死骸に視線を向ける。銀雲もまた、顔を顰《しか》めたまま、生首へとにじり寄っていた。

「これはっ……近づくと酷《ひど》い臭いだ。皆は下がっていたほうがいい。病気を持っているかもしれない」

「いっ、言われなくったって近づかないよぉ！」

ほとんど半泣き状態で琥珀が応える。その傍らで顔面蒼白《そうはく》の瑞晶もまた、無言ながら首を縦に振った。

一方で銀雲は、首の切断面を検《あらた》めている。

「うむ……こうも鮮やかに斬っているとは、手慣れているな。肉の小売商のところから運んできたのだろうか」

「運んできた、って」

震える声を発したのは紅玉である。

「な、なぜ私の部屋に……誰がこんなことを？」

「それは……」

なんとも言えずに、銀雲は口ごもった。他の皆も、何も答えられない。

部屋の出入り口付近では、やっと立ち直った宮女たちが、ばたばたと人を手配したり、宦官《かんがん》や衛兵たちを呼びに行ったりしている。

その足音の中で重苦しい沈黙が続いたが、やがてはっと顔を上げたのは銀雲だった。

「そういえば昨晩、屋根の辺りが騒々しくはなかったか？」

「や、屋根？」

琥珀は瑞晶と顔を見合わせ、それから応える。

「ううん、あたしたちのほうは特に。銀雲殿のところは、うるさかったの？」

「ああ。正確な時間はわからないが、夜中なのは確かだ。こちらの寝入りを妨げるように、ドスドスと踏み鳴らすような音がしばらく続いていた。てっきり風か夜鳥の仕業かと思っていたが」

「で、でも、なんだか妙ですわ」

神妙な様子の紅玉が言う。

「私、ふと嫌な臭いが漂ってきたので目が覚めましたの。きっとこの牛の首は、昨晩のうちに運び込まれて、ずっとここにあったのでしょう？　同じ時に、銀雲殿のところでも異変があったなんて」

「牛の頭を運ぶのに屋根を伝っていったってこと？　それとも、別の誰か……？」

呟《つぶや》くように言った後、琥珀は探るような眼差《まなざ》しを、他の太子妃候補たちに向けている。

そしてそれは、銀雲や紅玉たちも同様だった。

「……」

再び訪れたのは、重苦しい沈黙。

きっと各々の胸を満たすのは、芽生えはじめた猜疑心《さいぎしん》だ。

つまりは「もしかしてここにいる誰かの嫌がらせではないか？」という疑いの心。無理もない。たとえ久遠を交えて親しく過ごす時間を重ねてきたとしても、以前に語っていた通り、彼女らは本来対立し合う存在なのだ。

誰かが皇太子の寵愛《ちょうあい》を望み、敵の数を減らすために、紅玉や銀雲を脅かして東宮から追い出そうとしたとしても、何もおかしくはない。

小さな疑いでも、この状況では、容易に大きく膨れ上がる。

（これは……）

あからさまなまでの陰謀の匂いが、胡家伝来の教えを強く呼び覚ます。

久遠としての振る舞いを続けながらも、令花は意図的に、自分の感情を心の隅へとさらに押しやった。突然の事態に、驚き慌てるのではなく——胡家として、できることを。

（……状況を整理しましょう）

――紅玉の住まうこの黄殿に、夜の間に牛の首が置かれた。そして銀雲の住まう黒殿《こくでん》では、屋根の上で異音がしたという。

この建物に飛び込んだ時に見た、驚き怯《おび》える紅玉の表情には演技らしいところがなかった。彼女の恐怖は本物だ。銀雲の騒音事件が、あるいは銀雲の虚言だったとしても、少なくとも紅玉の事件は、自作自演ではないだろう。

つまり太子妃候補たちの疑念の通り、どこかに、今回の事件を起こした犯人がいる。

紅玉や銀雲を追い出そうとしての行為なのか、またはこうして不和を呼び込むこと自体が狙いなのか、そこまではまだわからないけれど。

（ならば、私のやるべきことは一つ）

胡家としての務め、二百年前より祖先が成してきたのと同じことを、ここでも繰り返すだけだ。

「あっ、あの！」

あえて、久遠として大きな声をあげた。皆の視線がこちらに向けられたのを確認した後、

（病弱なので）少し咳《せ》き込んでから、こう告げる。

「もしかして、あ、悪姫が」

その言葉に、琥珀たちがはっと目を見開く。

「えっ、それって……あの姫様がやったんだ、ってこと？」

「かの『悪姫』がついに、実力行使に訴えたと……？」

「は、はい」

琥珀と銀雲の問いかけに、久遠はこくりと頷いた。

すると紅玉が、青ざめた顔で口元を覆う。

「あ……あの姫君が、私の部屋まで牛の首を運ばせたと仰《おっしゃ》るの？　ど、どうして」

「これは警告、かもしれませんね」

瑞晶が、真面目な面持ちで呟くように言った。

「私たちがかの姫君について話していたことは、既に察知されていたとみるべきでしょう。彼女が太子妃となる道を阻むならば、次は牛の首ではなく私たちの首が落ちることになる、と……」

「そ、そんなっ」

またもぶるぶると震える紅玉の側で、琥珀が「あっ」と声を発する。

「瑞晶殿の言う通りだよ！　だってあの姫様は、家から側仕《そばづか》えたちを連れ込んでいるんでしょう？　それなら牛の首を運ばせるのも、屋根の上の物音も……！」

「確かに、簡単なことだ。動機も手段も揃《そろ》い、辻褄《つじつま》が合っているな」

顎に手を当てるようにしながら、静かに銀雲が告げる。その額には冷や汗が浮かび、動揺しているのは明らかだ。一方で、琥珀は目に涙を浮かべた。

「こ、怖いよお……。あたし、もう自分の部屋に帰る！」

「私も、別の居室を用意していただいたら、しばしそこで休ませていただきますわ。なんだかもう、しばらく黄殿にはいたくありませんもの……」

おもむろに部屋の外へ移動を始めた紅玉を支えるように、瑞晶と琥珀も歩きはじめる。労《いた》わり合うような様子を見るに、今回の出来事は彼女らの仲を引き裂く結果にはならず、むしろ『悪姫』への恐怖と嫌悪を前に、改めて一致団結させることとなったらしい。

その背をじっと見つめながら、令花は思考を重ねる。

――先ほどの久遠としての発言は、この場の混乱を収めるための一時的な策であり、かつ、呼び水でもあった。

すなわち、己を巨悪として人々を連帯させると同時に、真の悪を暴き立てるための策。

久遠による『悪姫』を疑う発言に対して、誰が、どういう順序で、どのような反応をみせたか。それを観察するだけで、見えてくるものもある。

（久遠の言葉に、最初に反応したのは琥珀殿だった）

次にそれに応じて、『悪姫』真犯人説を補強するような考えを述べて結論を誘導したのは瑞晶。そしてさらに、その言葉に応じて「『悪姫』が実家から側仕えを連れ込んでいる」という話を持ち出し、結論をもっともらしい形に仕上げたのは琥珀だ。

（もし、太子妃候補の中に犯人がいるのなら……その人物はきっと、『悪姫』に罪を擦《なす》りつけたいと考えるはず）

なぜならそれが一番手っ取り早く、犯人にとって都合のいい結果をもたらすからだ。

これから先、何が起こっても『悪姫』のせいということになれば、自分は疑われることなく目的を果たせる。『悪姫』の陰に隠れて嫌がらせを続ければ、他の候補を追い出すことだって可能だろう。

となると一番怪しいのは——琥珀だろうか。

「……」

令花は、床に視線を落とした。

感情を抜きにしても、結論を急ぐべきではないのはわかっている。もっと細かく状況を把握していかなければ、真実を明らかにはできない。

夏輪国《かりんこく》に住まう一般の人々であれば、悪事の現場に胡家の者がいたらしいとなったら、すぐさま犯人と胡家とを結びつけるものだ。だからこの一点のみを以《もっ》て、琥珀が犯人だとするのはあまりに短絡的である。

だがこのまま放置して嫌がらせが続けば、何が起こるか。

（いえ、単なる嫌がらせでは終わらないかもしれない。もし犯人の目的が太子妃に選ばれるとか、太子妃候補たちを苛《さいな》むというだけではなく、皇家そのものに仇《あだ》なすことにあるのだとしたら）

――その排除こそが、胡家たる者の務め。

どきりと跳ねた心臓を、深く呼吸をして宥《なだ》める。

（『悪姫』が犯人とされている現状は、むしろ狙い通りだわ。東宮に犯人がいるとしたら、その人物は自分が疑われない状況となっているから、油断しているでしょうし）

この機に乗じて、令花の手で真の悪を暴かなければ。

誰がなんの目的で、なぜこの機に、こんな嫌がらせをしたのか。

牛の首の事件と、騒音事件は繋《つな》がっているのか。そうではないのか。そもそも騒音事件は実際に起きた出来事なのか。

――なんとしても、明らかにしなければ。

『胡家の悪姫』が犯人ではないと誰よりも知っているのは、この自分だけなのだから。

無言のままに拳を緩く握り、令花は決意する。

一方で、そんなこちらの姿は、きっと事件に対してひどく動揺しているように見えたのだろう。

「さあ、久遠様も」

と、声をかけてきたのは銀雲だ。

「このようなことになって、さぞ驚かれただろうな。体調は大丈夫だろうか」

「あっ、いえ」

久遠として、令花は力なく微笑《ほほえ》んだ。

「びっくりしたけれど、僕は大丈夫です。ありがとうございます……」

見れば、ようやく宮女たちが掃除道具一式を携えて部屋に戻ってきた。

東宮にある別邸に紅玉を移すべく、準備を始めている人々もいる。

まずは、この場にいない殿下への報告が先だ。

そう思いつつ、銀雲に続いて部屋を出ようと身を動かした令花は、ふと気づく。

さっきは必死で紅玉のもとに駆け寄ったので、わからなかったのだが——左足の下に、ずっと何かを踏んづけていたようだ。

そっと足をどかし、拾い上げたそれを見て、令花は短く息を呑《の》んだ。

落ちていたのは、梅の意匠のついた糸切鋏《ばさみ》だった。

＊＊＊

事件が起こったしばらく後、朝食の席に、伯蓮はいつものように姿を見せた。

東宮に戻った段階で陳《ちん》たちから話を聞いていたらしく、令花が話をするまでもなく、伯蓮は既に事の子細を知っていたのだが——

「警備は増やす。後は放っておくさ」

彼は短く、そう告げただけだった。

対して令花は——久遠としての格好だが——「ふむ」と唸《うな》って頷《うなず》いた。

「やはりそうですか。実は私も、それが一番よいと思っておりました」

「……おい」

なぜかそこで、伯蓮は眉を顰《ひそ》める。

「お前、その、なんというか……それで平気なのか？　俺が言うのもなんだが、事件の犯人は『悪姫』だってことになっているそうじゃないか」

ちなみに今、周りに宮女たちはいない。「事件の後、疲れて熱が出てしまった弟が落ち着くまで、つきっきりで診てやりたい」という体で、伯蓮が人払いしたからだ。そのため令花も伯蓮も、素の自分自身として言葉を発している。

したがって令花は、こともなくもう一度首肯した。

「はい。『謀事《たばかりごと》の祖にして壁の耳』たるのが胡家の役目ですから」

「だからってお前、濡《ぬ》れ衣《ぎぬ》を着せられているんだぞ？　いいのか」

「ご心配をおかけして、申し訳ありません」

真摯な気持ちで、令花は頭《こうべ》を垂れた。

「ですが、これも計画通りです。それに疑われているのは私ではなく、『悪姫』です。『悪姫』を恐れていただけているのなら、そうなるように考えて演じている私にとって、何より光栄なことですから」

語るうちに、これまでの東宮での出来事――つまりは寵妃《ちょうひ》だと誤解を受けていた日々が脳裏を過《よ》ぎり、つい言葉を重ねてしまう。

「孤高にして不屈、何者にも媚《こ》びず常に悪逆非道なのが『悪姫』です。おぞましい嫌がせの犯人だと思われるのならば、むしろ本望。それでこそ『胡家の悪姫』……この印象が損なわれずに済むことが、第一なのです」

――大切な役柄を、守り切らなければならないのだから。

「ふうん」

 つい一息に語ってしまった令花の耳に、伯蓮の苦々しい唸りが聞こえる。はっと顔を上げてみれば、伯蓮はどことなく呆《あき》れたような顔で、ぼそりと吐き捨てた。

「お前、つくづく演じるのが大好きなんだな。てっきり俺が無責任なせいだ、とか言ってくるのかと思ったのに」

（それは……確かに殿下がいつも東宮で寝起きなさっていれば、何か違っていたかもしれないけれど）

あるいは伯蓮が皇太子として盤石な態勢を敷いていればこんな事件も起こらなかったのかもしれないが、今はその点について議論している場合ではない。

「いえ、感謝しております、殿下。先ほど仰ったように警備のみ増やして後は何も変えなければ、真犯人を泳がせるにせよ、現場を検証するにせよ、私も動きやすくなります」

もちろん犯人が東宮の中の誰かではなく、慮外者の仕業という可能性も残っている。

けれどそれならば、警備を増やして簡単に侵入できない状況にすれば問題はなくなる。

逆に外部からの侵入者の可能性を排除することで、伯蓮はこちらが捜査しやすくしてくれているのだと――てっきり、令花はそう思っていたのだが。

「待て。お前、自分でなんとかするつもりか？」

「はい、もちろん。真の悪の存在を突き止めるのは、胡家歴代の務めです」

皇太子たる伯蓮の手を煩わせるまでもない。私にお任せあれ——と断言できるほど、正直なところ、自信があるわけではないのだが。

「ここに私がおりますのは、殿下の弟君を演じるためですが……だからとて、このような悪事を見過ごせはしません。どうぞ殿下は、お心やすくお過ごしください。私とて胡家の末席に座す者、真相を明らかにしてみせます」

「……」

こちらの発言を聞き終え、伯蓮はしばし視線を逸《そ》らしていた。

口を閉ざし、眉間に険しく皺《しわ》を寄せ——何事か考えこむようにしていた彼は、ややあってからふいに、こちらに向き直る。へらへらとした笑みが、そこには戻っていた。

「……ま！　お前がそう言うんならしょうがない。いや～、参ったなあ。俺がなんとかしてやろうと、使命感に燃えていたっていうのに」

（うーん、これは嘘《うそ》ね）

突然の態度の変化はともかく、使命感云々《うんぬん》は明らかに嘘である。

しかし伯蓮はいかにも無責任な笑みを浮かべたまま、ずいっ、と顔を近づけてくる。そのままこつん、と額と額がぶつかった。

睫毛《まつげ》が触れ合ってしまいそうだ。

「あの、殿下……？」

意図がわからず、令花は目を瞬《しばたた》かせる。すると伯蓮は、軽薄な調子で言った。

「あぁ、どうやらもう熱はないようだな、久遠。なら、俺は忙しいから行くぞ」

身を離し、にやりと笑う。

「風邪をひかないように、せいぜい温かくして寝ろよ。じゃあ、またな」

言うだけ言って軽く手を振り、伯蓮はさっさと部屋を出て行ってしまった。

（……？　どうなさったのかしら？）

まるで、何かに追い立てられていったかのようだ。

周りを見渡しても、自分以外には誰もいないというのに――

（やっぱり私、殿下のことはよく理解できないわ）

軽く頭を振り、思考を切り替える。

伯蓮への報告も終わった以上、いよいよ本格的に動く時だ。

今頃真犯人は、『胡家の悪姫』に罪を擦《なす》りつけてほくそ笑んでいるだろう。

そしてそれ以外の人々は、『悪姫』の怒りに触れないように震えるだけ。このままでは、誰も事件を解決できない。

胡家の力を借りるのもむろん一つの手段ではあるけれど、もし胡家が表立って動いたと周囲に知られてしまえば、それはそれで東宮の人々を震撼《しんかん》させてしまうだろう。『悪姫』が事件を揉《も》み消そうとしたのだと、あらぬ疑いを呼んでしまうかもしれない。

(ならば、私一人でやるしかない)

決意と共に、令花は立ち上がる。

(ここは、久遠という役柄を最大限に利用させていただくことにしましょう)

これから事件を捜査するにあたって、もし『悪姫』の姿で動けば、それだけで人々は動揺するだろうし、犯人は警戒して、真実を覆い隠そうとするだろう。

だが、久遠ならどうか？　久遠の姿ならば東宮を歩き回っても不自然ではないし、きっと他の人々も、心を開きやすいはず。つまりはこっそり調べ事をするのに、最適なのだ。

確たる証拠と共に真犯人を見つけ出した暁には『悪姫』として、真実を皆の前で白日の下に晒《さら》す。そうすれば「犯人扱いされた『悪姫』が怒り、真犯人を暴き立てて、胡家お馴《な》染《じ》みの愉悦に浸っている」――と判断され、周囲から見た辻褄《つじつま》も合う。

(これが与えられたお役目ならば、いかようにも演じてご覧に入れましょう)

強くそう誓いながら、令花は、こっそり懐にしまっていたものを取り出した。

――梅の飾りのついた糸切鋏だ。

(朝、牛の首の近くに落ちていた品。殿下にご報告するまではと思って、誰にも知らせず

に持っていたのだけれど）

　よくよく見れば鋏の表面にはわずかに、すっかり乾燥した血の飛沫《ひまつ》がついている。

（この鋏……恐らくは、琥珀殿のものだわ）

　凝った細工の施された品だ、そういくつも同じものがあるわけではないだろう。

　そしてこの鋏が牛の首の近くに落ちていた以上、紅玉の部屋にその首を運んだ犯人は琥珀なのだと考えるのが自然である——本来ならば。

（でも、そんな単純な話かしら。それに、屋根の騒音の謎も残っているし……まだ現場の確認すらできていない）

　演技に必要な想像力、そして観察力とは、事実をありのままに見つめることだ。

　そこには都合のいい憶測や、「こうであってほしい」という期待が入る余地はない。

　それと同じく、冷静に状況を観察していけば、真実に辿《たど》り着《つ》けるかもしれない。

　糸切鋏の件はまず自分の胸に仕舞っておいて、すぐに調査を始めよう。

「僕は、伯蓮様の弟」

　久遠としての声音を、あえて発する。

「だから兄上の代わりに、僕が頑張らなくちゃ」

　手の中の鋏を強く握りつつ放った呟《つぶや》きは、誰の耳にも届かない。

けれど令花の胸の内で強く、何度も反響していくのだった。

＊＊＊

薫香殿の外へ一歩踏み出す。昼日中だというのに、東宮はしんと静まり返っていた。

これまでもそう賑《にぎ》やかな場所ではなかったが、太子妃候補たちがよく顔を合わせ、お喋《しゃべ》りに花を咲かせていた昨日までと比べると、どこまでも暗く重苦しい雰囲気が垂れこめている。

（無理もないわ。今朝からずっと、紅玉殿たちはお部屋に籠っていらっしゃるもの）

久遠としての格好で、足音を殺すように歩きながら、令花はそう思う。

しかしいくら部屋に閉じこもっていたとて、今後も嫌がらせは続くかもしれない。それどころか、傷害や殺人に繋《つな》がる恐れもあるとなれば――放っておけない。

改めて胸に決意を抱きながら、これまでのことを思い出しつつ、令花は歩を進めた。

（まず気になるのは……あの首を誰が、どのように運んだのか。この東宮にいるのは女性か、そうでなくても宦官《かんがん》ばかり。牛の首はそれなりの重さだから、細腕一つで簡単に運べるものではないはず）

演技以外で自分にわかることなど、限られている。だから令花は逆に、こう考えるようにしたのだ。もし自分が、今回の事件を演目として台本に起こすのなら、どういう筋書きにするか。どういう筋書きならば、最も矛盾がなく自然なものになるか？——と。（事件を捜査する時には何より合理性が大切だと、お父様も仰《おっしゃ》っていたもの。この方法は間違っていないはず）

そして筋書きを考えた時に一番気になったのが、どうやったら「小道具」である牛の首を、現場の状況の通りに運べるだろうか——という点だったのだ。

根拠は、『悪姫』としてのこれまでの経験にある。以前実家で、「自分に逆らった平民を処刑した」という筋書きの演技をした時だ。

（無関係の人々の前で演技をする必要があったから、偽物と露見するかもしれない血糊《ちのり》ではなく、まるまる一頭ぶんの豚の肉と血を使ったのだけれど）

白布でぐるぐる巻きにされた巨漢（に見立てた豚の死骸）へと刃を振り下ろさせ、あたかも首を刎《は》ねたかのように見せかける。その首（正確には細工をした豚の首）がごろごろと地面に転がる様を見て笑う『悪姫』、そして怯《おび》える民衆、という内容の演目だ。

もちろんこれは悪徳商人を炙《あぶ》り出すためにやったことで、使った豚肉は、その後家族みんなで美味《おい》しくいただいた。それはともかく、その食事の席で、家族から聞いた話ではこうだった。

――人間の首の重量は、その者の体重のおよそ十分の一とされている。一方で豚の首の重さは、人間の首の重さの半分程度しかない。より迫真的な演技をするならば、用意するのは豚ではなく、いっそ子牛の首でも使ったほうがそれらしかったかもしれない、と。

この記憶が正しいなら、牛の首はそれなりの重さのはず。ならば運んだのは男性か、それとも数人がかりでか。

（……いくら嫌がらせのためとはいえ、殿下と久遠以外は男子禁制の場所に男性を連れ込むなんて、危険性が高いし難しすぎる。となると、複数人での犯行が妥当かしら）

それに紅玉の部屋にて、首は血だまりの中にあった。つまりあの首は、血抜きもされずにそのまま置かれた状態だったのだ。

簡単に考えるなら、運ぶ最中に牛の首から血が滴り、どこかに血痕が残るはず。

だが今朝の事件直後、紅玉の部屋から退出する時、密《ひそ》かに目を光らせておいた床にはどこにも血の痕が残っていなかった。外に出た時の廊下もそうだ。

（廊下はともかく、事件直後の部屋の床にも血痕がないというのはおかしい。わざわざ拭く必然性がないし、仮に首を置いた後、部屋に留まって拭き掃除をしたのだとしても……そんなことをしている間に、紅玉殿が起きてしまうかもしれないもの）

さらにあの時、黄殿の部屋は薄暗かった。窓は閉ざされ、内側から鍵が下りた状態だった。

したがって状況から考えると、犯人は牛の首を、血痕が落ちないように複数人で道具を使って運んだ後、扉から侵入して紅玉の部屋に置き、またそっと立ち去ったのだということになる。

もう一つ重要なのは、糸切鋏の謎だ。

状況証拠が示すように、琥珀が犯人なのだとしたら、もちろんこれは謎ではない。犯人である琥珀が共謀者たちと共に首を運んだ時、取り落とした。それで終了だ。

(けれどもし琥珀殿が犯人ではないのだとしたら、鋏は恐らく、真犯人によってわざとあそこに置かれた。……琥珀殿が犯人だ、と皆に思わせるために)

首に近づいた者が鋏の存在に気づくよう、あえて犯人は意図的に、鋏をあんな場所に置いたのだ。

(鋏についている血痕は、きっとあの牛のもの。今はすっかり血が固まっている点から考えて、犯人は牛の首とほぼ同時に鋏を置いたのね)

もし令花がずっと踏みつけていなかったならば、きっと鋏は他の誰かに発見され、今頃は琥珀が犯人だと糾弾されていたに違いない。

（そもそも琥珀殿は、鋏をちゃんと小箱に仕舞っていらしたもの。仮に落とすとしたら、箱ごと落とすのが自然だわ）

そう考えるとやはり犯人が琥珀だというのではなく、琥珀だと見せかけるために、この鋏が利用されてしまったと考えるのが筋だろう。

となると——謎がもう一つ増える。

犯人は、どうやってこの鋏を手に入れたのだろう。琥珀のいる白殿《はくでん》から盗み出したのだとすれば、そんなことが可能な人間は絞られてくるはずだが。

「……」

思考を重ねている間に、件《くだん》の黄殿——今は誰もいない部屋の前に着いた。牛の首は既に運び出され、中は綺麗《きれい》に掃除された後だ。

（やはり、廊下の前には血の痕はない。ここへ来るまでの間にも）

しかし血痕のみならず、なんらかの手がかりが残っていたとしても、掃除にかこつけて消されてしまった恐れがある。令花は短く息を吐いた。

（それなら、いくら建物の中を探しても無意味かしら。探すべき手がかりは、外……かもしれない）

黒殿での騒音事件の真偽を確かめる必要もある。ひとまず令花は、庭に出てみることにしたのだった。

――これをそのまま登るというのは、どう考えても無理そうだ。

黒殿、つまりは銀雲が休んでいる建物の壁を眺めつつ、令花はそう結論づけた。

まさに漆黒という呼び名がふさわしいその壁には、一切の装飾がない。屋根の瑠璃瓦を際立たせるかのごとく、素朴で剛毅《ごうき》な雰囲気を漂わせている。

要するに、この壁を身一つで登って屋根に上がり、そこで暴れるというのは到底不可能だ。

(屋根を伝って行くというのも、この建物の位置関係からみて無理でしょう)

東宮の全体像を頭に思い浮かべつつ、令花は思った。

仮に遥《はる》かな上空からこの東宮を見たとしたら、四角形の敷地《しきち》の中に、ちょうど五角形を成すようにして五色の建物が並んでいるのが見えるだろう。

五角形の頂点が『悪姫』の住まう赤殿、他の四つの頂点となるのが、それぞれ琥珀、瑞晶、銀雲、そして元は紅玉が使っていた、白殿、青殿《せいでん》、黒殿、黄殿。

この五色の建物の総称が五彩殿《ごさいでん》、その中央にあるのが薫香殿。宴《うたげ》が催された花角殿《かかくでん》は、東宮の入り口のすぐ近くにある。宮女たちが使う部屋などは、これらとは別の、敷地の隅にある建物に入っていた。

重要なのは、五彩殿はすべて孤立して配置されているという点だ。だから隣の屋根からこっちに伝ってきて――というのは、どだい不可能な芸当なのである。屋根に上った者がいたとするなら、梯子《はしご》か何かを使ったというのが正しいだろう。

(梯子なら、掃除や建物の修繕にも使うでしょうし、東宮の中にも当然あるはず。せめて、どの梯子を使ったのかだけでもはっきりするといいのだけれど)

用具入れのような場所があるなら、そこから銀雲のところへ運んだ時の経路が割り出せる。もしかしたら犯人の目撃情報も得られるかもしれない。

それに屋根を見れば、騒音事件の真偽がはっきりする。――そう、まずは梯子を探そう。

だが庭をゆっくりと――たまに宮女に声をかけられたら「ちょっと調子がよくなってきたから、散歩をしたくて。えへへ」と言い訳をしながら――回ってみたところ、答えが思わぬところに転がっているのを、令花は見つけてしまったのだ。

つまり梯子は建物のすぐ近く、茂みの中。

瑞晶のいる青殿のすぐ傍の低い木立ちの奥に、隠すように置かれていたのである。

しかも近くの地面には、梯子が最近使われたという事実を示すかのように、まだ足跡が残っていた。近くに補修が必要そうな場所などない以上、東宮のこんなところに梯子が隠されているというのは、明らかに不自然だ。となると——

（位置から考えて、騒音事件は瑞晶殿が犯人ということ……？）

銀雲を怖がらせて東宮から追い出そうと、瑞晶が屋根で騒ぎを起こしたのだろうか。そしてそれを誤魔化すために、彼女は『胡家の悪姫』が犯人なのだという説を推し進めたのだろうか。

（いえ、違うわ。この足跡、はっきりと大きさが違うものがいくつかあるもの）

目線を低くし、地面をつぶさに観察してみれば、さすがに何人分かはわからないものの、明らかに大きさが違う足跡が交じっているとわかった。

第一、瑞晶が犯人だとしたら、こんなに発見されやすい上に真っ先に自分が疑われるだろう場所に、梯子を置いておく理由がない。

この梯子を使った人物たちは、瑞晶に濡《ぬ》れ衣《ぎぬ》を着せようとしたのだ。

琥珀の糸切鋏と同様に、瑞晶が疑われるよう、わざとあからさまな手がかりとして、梯子をこんなところに隠している。

まるで、太子妃候補たち同士での内紛を扇動しているかのように。

——そう考えると、なんだか恐ろしい気持ちになった。

こういう悪《あ》しき企てに、いったい胡家の祖たちは何度立ち向かったのか。こんなことをして、いったいどんな益があるというのか――いや、考えに耽《ふけ》っている場合ではない。

(この辺りには……誰もいないみたいね)

閑散とした東宮に感謝するしかない。令花はこっそり梯子を摑《つか》み、思いのほか軽いそれを肩に担ぐようにして持ち上げると、人目につかないうちにこっそりと、銀雲のいる黒殿の近くへと運んでいく。

目的はただ一つ。実際に何があったのか、この目で確かめることだ。

「間違いない」

自分にしか聞こえない程度の声で、令花はぼそりと呟《つぶや》いた。梯子をかけて登った先、伸びあがって確認する屋根の瑠璃瓦の上には、無数の足跡がつけられている。

艶《あで》やかな黄金色の美しさを踏みにじるがごとく、乾いた泥土がはっきり残っていた。屋根を執拗《しつよう》に踏みつけているその痕跡から、何か得体の知れない強い執念のようなものを感じて、少し気分が悪くなる。

(申し訳ありませんでした、銀雲殿。やはり、あなたの言っていた騒音事件は本当だったんですね)

心の中で彼女に詫《わ》びてから、ここまでに判明した事実を頭の中で並べた。

――犯人は、恐らく複数。そして犯行があったのは、昨夜の間。

さらにより正確に言うならば、黄殿での牛の首事件と、この黒殿での騒音事件は、ほぼ同時刻に起こったことになるだろう。なぜならば――

(紅玉殿と銀雲殿の発言が、その証拠となるから)

今朝の光景をもう一度思い浮かべてから、令花は考える。

(鋏《はさみ》についた血液が固まっているのは、あくまでも少量であるため。死体から流れた大量の血液は、死後半刻《はんとき》ほど経《た》つとまったく固まらなくなる。となるとまず、あの牛の首は、死んでから少なくとも半刻以上経ったものだったということになる)

かつて『悪姫』として請け負った任務から得た知識だ。

(それに紅玉殿は、「ふと嫌な臭いが漂ってきたので目が覚めた」と仰《おっしゃ》っていた……この点は、とても重要だわ)

あの時、牛の首には蠅《はえ》が集り、近づくと酷《ひど》い臭いがしていた。その臭いを寝台からでも鋭敏に感じ取った結果、紅玉は目を覚ましたのだろう。ならば逆に言えば、牛の首は置かれた当初は、嫌な臭いを発していなかったことになる。でなければ部屋に運び込む時に寝台の横を通り過ぎた瞬間、紅玉が目覚めていたはずだから。

(紅玉殿が眠っているさなかに、牛の首はある程度新鮮な状態で置かれた。けれどその後

数刻して、首は腐敗しはじめ……結果、紅玉殿は明け方に目覚めてしまった）

美容に気を遣っているので、真夜中になる前には眠る主義なのだ──といつぞや、紅玉本人が語っていたのを思い出す。

（となると、牛の首が置かれたのは子の刻、しかも真夜中とみていいわね）

もう一点、銀雲の発言にも注目するべきだ。今朝、銀雲は騒音が「寝入りを妨げるように」響いていたと語っていた。彼女は正確な時間はわからないと語っていたが、この証言は大きな意味を持つ。

（要するに、騒音があったのは銀雲殿が完全に眠りに落ちる直前の頃だったということ）

そして銀雲は毎朝毎晩、木剣を使った鍛錬を欠かさない。夜は月が天の真上に来る直前まで部屋で汗を流し、それから身を清めて休むのだと話を聞いたことがある。

（ならば騒音があったのは、銀雲殿が鍛錬を終えて眠ろうとしている頃……子の刻）

よって牛の首事件と騒音事件は、ほぼ同時──子の刻の、それも真夜中の時間に起こった出来事だと断定できる。

（ならば犯人は予想していたよりも、さらに大人数……？　同時多発的に二か所で嫌がらせができるのだから、二、三人ということはなさそうね）

そしてある程度の大人数となるのなら、必ず指揮を執る首魁《しゅかい》がいるはず。

その首魁を見つけ出すことができれば、あるいは——と改めて、もう一度屋根を精査するように見つめる。

（他に何か、手がかりは見つけられないかしら）

梯子からさらに身を乗り出してみても、特に何も見当たらない。

——屋根に上がれば、見つかるだろうか。いやしかし、自分一人とはいえ、屋根に上がったらまた銀雲に迷惑をかけてしまうだろうか。

逡巡《しゅんじゅん》したその時、ふいに、聞きなれない声が聞こえてきた。

「もし、そこの君」

「……え？」

聞き覚えのない、低く柔らかい男性の声。

令花が辺りをきょろきょろと窺うと、また同じ声が耳に届いた。

「君だよ、その屋根のところの」

「あっ」

声の方角に目を凝らし、ようやく気付いた。この建物の近くにある壁——要するに東宮とそれ以外の場所を隔てる壁の向こうに、一人の男性が立っているのだ。

年の頃は、二十代後半といったところだろうか。少し癖のある焦げ茶色の髪を丁寧に結った長身のその男性は、太めの眉とやや垂れた目があいまって、どことなくおっとりした印象を与える。

男性は壁際から、こちらを見上げていた。もし彼の背がもう少し低かったら、見とがめられることもなかったかもしれない。

「危ないよ。下りたほうがいいんじゃないかい」

なおもおっとりした調子でそう忠告してくる男性の腰帯を見て、令花ははっとした。

ぶら下がっているのは間違いなく、麒麟《きりん》が浮き彫りにされた翡翠《ひすい》の佩玉《はいぎょく》だ。

（つまり、この方も皇子……！）

だから、というだけではなく、ここで自分が怪しまれてしまってはいけない。

令花は黙礼して、そそくさと梯子を下りた。それから少し歩いて、壁にある勝手口――ここに仕える人々が使うためのもので、本来太子妃候補はここを開けてはならないことになっているが――を開けた。

勝手知ったるものなのか、男性は既に扉の前に来ていた。

彼はこちらの姿を認めてにこりと微笑《ほほえ》むと、静かに語る。

「君は、宦官《かんがん》見習いというわけでもなさそうだし……もしかして、伯蓮殿が最近連れてきたという、私たちの弟かい？」

慌てたように返事をしつつ、精一杯のいじらしさを込めた拱手《きょうしゅ》をした。

「はっ、はい！」

「初めまして、久遠と申します」

「久遠くんか、いい名前だね」

男性はさらに目を細めて、お辞儀を返してくれた。

「私の名は、江楓《こうふう》。伯蓮殿の、腹違いの兄だよ。順番で数えると第六皇子、ということになるのかな」

「江楓様、ですね。先ほどはお声がけくださり、感謝申し上げます」

「そんな、様付けの必要はないよ。ただ単に、兄と呼んでもらえれば充分さ」

そう言って、江楓は短く笑った。朗らかでのんびりしたその佇《たたず》まいは、飾ることのない品格を感じさせるものだった。

「ところで久遠くんは、さっき何をしていたんだい？　遊ぶにしても、あんなところじゃ危ないよ」

「も、申し訳ありません」

身を縮こまらせて、幼い少年としてできる限りの丁寧さで、久遠は謝った。謝りながらも、頭の片隅で令花は考える。

（ここは変な言い訳をするよりも、正直にお話ししたほうがよさそうね。東宮での事件のことを、江楓様も既にご存じかもしれない）

禁城内の出来事は噂話《うわさ》として、それこそ風よりも速く伝わっていくものだという。まして太子妃候補たちに起こった事件とあらば、なおさら注目を集めるだろう。

相手を疑うわけではないけれど、情報がどこまで伝わっているのかについては、慎重になったほうがいい。

そこであえて少年らしい胡乱《うろん》さで、久遠はしどろもどろに語った。

「あのっ、実は昨日の晩に、この辺りで事件があって。こっけいの、あっき？　の手下が暴れたんだってお姉様方が仰っていたので、僕、本当なのか確かめたくて……」

「えっ、滑稽の悪鬼？」

一瞬だけ目を大きく丸くした江楓は、次いでまた軽やかな笑い声を発した。

「私が聞いたところでは、胡家の姫君が他の太子妃候補に悪さをしたそうだけれど」

「あっ、はい。それと同じ事件だと思います」

遠慮がちに久遠が頷《うなず》くと、その時初めて、江楓の目に同情の色が宿った。

「そうか、気の毒に。伯蓮殿に代わって真実を確かめようと、君なりに一生懸命頑張っているのだね？」

だけど——と、彼は身を屈《かが》めて、こちらと目線を合わせるようにして続ける。

「真実なんて、知らないほうがいいものなんだよ。特に東宮や後宮のように、女性が多く集う場所では」

「えっ……？」

意外な言葉に令花も驚き、戸惑いを漏らす。すると江楓はさらに諭すように、久遠に語りかけてきた。内緒話をするように、密《ひそ》やかな声音だ。

「『胡家の悪姫』がやったことなら、それでよし。もし誰かがかの姫に濡《ぬ》れ衣《ぎぬ》を着せようとしているのだとしても、見て見ぬふりをするんだ。伯蓮殿の寵愛《ちょうあい》を求める女性たちの熱意は、きっと強く、恐ろしい。君のような子どもが深入りするべきじゃないよ」

そう告げる彼の瞳は、どこまでも真剣にこちらを案じているものだった。少なくとも、久遠の目にはそう見えてしかるべきものだった。

——令花自身はどこか、不穏なものを覚えたのだが。けれど、その理由はわからない。

「わかりました」

久遠は短く頷き、すかさずくしゃみをした。ちょうど北風が吹きつけてきたからだ（病弱である点は強調しておかねばならない）。

「おやおや、大丈夫かい」

「はい、すみません。僕、あまり身体《からだ》が丈夫じゃなくて」

「ああ、ならなおさら、もう部屋に戻って大人しくしていなさい。事件のことは心配しなくても、きっと平気なはずさ」

穏やかにそう語る江楓に、久遠はもう一度拱手して礼を述べた。それから、去り行く江楓の背中を見送る。

彼の姿が見えなくなったところで扉を閉じ、令花は、ふうと短く息を吐いた。

(江楓様については、あまりお父様たちから伺ったことはないけれど、とても親切な方のようね)

それにしても、江楓は久遠が「伯蓮殿に代わって」頑張っているのだろう、と語っていたけれども——事件そのものだけでなく、伯蓮が東宮での問題についてほとんど何もしていないというのも、既に禁城中に知れ渡ってしまっているのだろうか。

(というより江楓様のお話しぶりでは、なんというか……殿下が何も動かないというのは、もう周知の事実であるという雰囲気だったような)

果たして伯蓮は、そんな状況でもなんとも思わないのだろうか。

気楽に過ごそうとして責務から逃げ回れば逃げ回るほど、かえって周囲から厳しい目を向けられて、結局楽な人生とは縁遠くなってしまいそうなものなのに。

もしくは江楓が言っていた通り、この禁城では、女性同士の争いには口を挟まないというのが、皇族の男性の生き方の秘訣《ひけつ》なのかもしれない。

(とはいえそれは、皇家の生き方。見て見ぬふりが、常に正しいわけではないし……皆がそうできるとは限らないわ)

そう考えた時、ふと閃《ひらめ》くものがあった。

この東宮で、最も「見てはならないもの」を見聞きしてしまうだろう存在は、太子妃候補たちではない。宮女たちだ。

ならば思い切って、宮女たちに直接、何か知っていないか聞くのはどうだろうか。

例えば牛の首を運ぶ道具を用意するにしろ、あるいは梯子《はしご》を持ってくるにしろ、東宮にある物品について誰よりも詳しいのは、ここで働く宮女たちだ。

何か変わったものを用意するように頼まれてはいないか、または怪しい人影を見たことはないか——真摯に尋ねれば、どこかで手がかりを得られるはずだ。

あるいは、犯人が宮女である可能性もある。宮女であるならば、大人数と思《おぼ》しき犯人像にも合致するし、真夜中に怪しまれずに東宮内を動き回ることも——それに、琥珀のいる白殿に侵入し、鋏《はさみ》を盗み出すことだって可能なのだから。

(久遠として聞けば、教えてもらえることもあるかもしれない)

建物にかけっぱなしだった梯子を素早く元の茂みにもう一度隠した後、令花はさっそく久遠として、宮女への聞き込みを行ったのだった。

そして、あっという間に夜が来た。

令花は今、久遠として宛がわれた部屋で一人、考えに耽《ふけ》っている。

——情報は、いくつか得られた。しかし気になるのは、口を閉ざした宮女のあまりの多さと、彼女たちに共通する態度、つまりは明確な恐怖と拒絶だった。

（久遠と宮女の人々の仲は、決して悪いものではなかったはず。なのに……）

これまで久遠に優しく接してくれた宮女であっても、先日の事件について尋ねると、揃《そろ》って顔を青くした。

加えて彼女らは目を逸《そ》らし、窮地にあって救いを求めて祈る時のように早口に、呟《つぶや》くようにこう答えたのだ。

「その件につきましては、私は何も存じません。申し訳ありませんが、久遠様、どうぞご容赦ください」

一度そう答えた宮女は、こちらがどれだけ懇願しても、堅く口を閉ざして何も言おうとはしなくなるのだ。あたかも、語ること自体を忌避しているかのように。

（犯人とされている『胡家の悪姫』を恐れてなのかしら。それともやはり江楓様が仰《おっしゃ》っていたように、何も語らないのが一番の護身術ということ？）

一方で、先日入ってきたばかりの新米宮女からは「そういえばついこの間、大判の布を買ってくるよう、先輩にお使いを頼まれた」という情報が得られた。

また、こんなこともあった。部屋に戻ってきてため息をついていたところ、いつも久遠を世話してくれている宮女、暮春《ぼしゅん》がそっと近づいてきて、口を開いたのだ。

「久遠様、そこまで事件のことをお気にかけておいでなのですね。であれば私、一つお話しできますよ」

「本当ですか⁉」

久遠がぱっと表情を明るくすると、彼女はふと笑んだ。

しかしそれは微笑みというよりは、どちらかというと表情を歪《ゆが》めた、という形容が正しいかもしれない。

――いつもの暮春と違う。直感的に、令花はそう思った。

一方で暮春は、静かに言う。

「私がお話ししたというのは、どうかご内密に。実は……私、見てしまったのですよ」

一度言葉をそこで切り、彼女は囁《ささや》いた。

「太子妃候補の琥珀様が、糸切鋏《ばさみ》を持っていらっしゃるのを」

「えっ？」

こちらの反応に気をよくしたのか、相手はさらに声を潜め、続ける。

「梅の花のついた、あの鋏ですよ。今は失《な》くされたそうですけれど」

それだけ言って、暮春はその場を離れていった。

（うーん……？）

きっと暮春は、犯人が琥珀殿だと言いたいのだろう。

けれど残念ながら、それが間違いだと令花は知っている。もちろん偶然にも、令花が琥珀の糸切鋏を以前に見かけたことがあって、しかも現場でずっとそれを踏んづけていたからこそ言えるのだが。

偶然あの場所にいられて、本当によかった。でなければ今頃、無実の琥珀を吊《つる》し上《あ》げてしまっていたかもしれないのだから。

令花は自然と、そう考えた。――次の瞬間、はたと気づく。

（あ……！）

改めて考え直してみても、辻褄《つじつま》が合わない。

なぜあの人は、あんなことを言ったのだろう？

「もしかして」

思った直後、胸がずきりと痛む。だが、令花の行動は早かった。すぐさま部屋を抜け出すと、まずはゴミの集積場へ向かう。今日、宮女たちの話を聞いた時に近くを通りかかったので、場所は覚えているのだ。

そこで目当ての品を回収した後は、人目を忍んで赤殿へ——つまり、胡令花本来の居室へと向かう。無人の部屋に忍び込み、鏡に向かって然《しか》るべき化粧を施すと、さらに机に向かい、筆を走らせた。

己の悪名を以《も》って書面で呼び出す、その相手はといえば。

＊＊＊

もう春だというのに、異様なまでに寒かった。夜中に雨が降っていたからか、うっすらと朝靄《あさもや》がかかっている。

まだ東の空に日が昇って、そう時間は経《た》っていない。だというのに太子妃候補の女性たちは、皆揃って緊張の面持ちで、その場所を訪れていた。

つまり彼女らが最初に胡令花と、また久遠と会った、豪奢《ごうしゃ》なる花角殿である。

今、部屋の雰囲気はまさに極寒の地であるかのように冷え切っていた。

居並ぶ太子妃候補、そして宮女たちまでもが、全員床に伏すようにして座っている。顔を上げればそのまま息絶えてしまいそうなほどの殺気が、目の前にいる姫から放たれているからだ。

そう、姫——彼女たち全員を呼び出した、張本人。手紙を無視して来なければ後でどんな目に遭わされたものかわからない、という確信に満ちた恐怖心を呼び起こす存在。

すなわち『胡家の悪姫』、胡令花。

東宮に来て数日、侍女たちと共に赤殿に籠っていたはずの彼女は、以前見たのと寸分変わらぬ姿で、傲然とこちらを下瞰《かかん》している。

けれども『悪姫』は、呼び出した者たちすべてが平伏した今も、一言も言葉を発さない。

何も言わずに、ただこちらを憤怒《ふんぬ》の面持ちで見据えているだけだ。

潔白であっても罪の黒に染め上げられてしまいそうな、背筋が凍るような恐怖を、皆が覚えている。目の前の姫君は、確実にそうするだけの権力を持っているのだ。

いや、不快感と自尊心がわずかに恐怖に打ち克《か》ったか、紅玉が不服そうに頭を上げた。

しかし彼女が何事か問いかけようと口を開きかけた刹那、それよりもさらに早く制するように、『悪姫』は一言を放つ。

「控えよ」

「うっ……！」

何も言えずに再び頭《こうべ》を垂れた紅玉を見据えつつ、『悪姫』はさらに告げた。

「弁《わきま》えなさい、荘《そう》家の娘。私がここにお前たちを呼び出したのには、理由がある。身の程知らずの愚か者が、東宮で小うるさい騒ぎを起こし……あまつさえその矮小《わいしょう》な悪名が、この私に押しつけられたと知ったからです」

「ひっ⁉」

悲鳴をあげたのは、瑞晶だ。だがそれは、『胡家の悪姫』こそが犯人なのだと言い放った咎《とが》を受けねばならないのかと彼女が早合点《はやがてん》したからだ。

瑞晶が犯人だというわけではない。――では誰か？

「ここへ」

「ははっ！」

『悪姫』が手を叩《たた》く音に合わせて、すっかり小間使いのようになってしまった陳が、一人の女性を引き立てるようにして連れてきた。

老宦官《かんがん》の細腕に摑《つか》まれながら、その女性は既に抵抗する気も失《う》せているのか、ふらふらと現れて、そのまま『悪姫』の足元に倒れる。

その耳元の床を『悪姫』の靴が踏みつけたので、彼女は陸に上がった魚のように身を捩《よじ》らせた。

灯《あか》りの下に照らされた女性の顔を見て、宮女たちは全員息を呑《の》む。

そこにいたのは、ここで一番の古株の宮女——久遠の世話係をしていた暮春だった。

衝撃も冷めやらぬ中、次いで『悪姫』は、ずっと畳んで持っていたらしい何かを、暮春に向かって放り投げる。

空中でふわりと広がったのは、一枚の大判の布。木綿と思しきその布の中央には大きな、惨《むご》たらしいほどに赤黒い染みができていた。

かすかに鼻腔《びこう》に届くこの臭いは、乾いた血液だろうか？　と皆が思った時、『悪姫』が再び口を開く。

「この者は他の宮女と共謀し、荘家の娘の部屋にくだらぬ細工を施したと告白しました。商店で手に入れた牛の首を運び入れ、あまつさえその隣に、これを置いて去ったのです」

もう片方の手に持っていた鈍い金属の光を放つものを、『悪姫』は無造作に放り投げる。

放物線を描いて宙を舞ったそれが眼前に迫り、琥珀は反射的に受け取った。

「あっ！　これ、あたしの大事な鋏！」

『胡家の悪姫』への畏怖すら吹き飛んだ様子で、琥珀は涙目で喜んでいる。

「なくなっちゃって、どうしようかと思ってた！」

「命拾いしましたね」

いとも平然と、『悪姫』は言う。その言葉に、誰もが耳を疑った。

「ど、どういうことだ……？」

耐えきれず、銀雲が疑問を発する。

「胡家の令嬢、あなたは何を知っている？　此度《こたび》の事件を起こしたのは、そこの宮女殿だとでもいうのか？」

「私が語る意義などなし」

空いた右手で扇子を開き、口元を蠱惑《こわく》的に隠しながら、『悪姫』は答えた。

「さあ、後は己で語りなさい。真実だけを囀《さえず》るのですよ？」

「ひっ！」

真実を語らなければ、どうなるかわかっているだろう――という、殺気の籠った明確な言葉を投げかけられ、暮春はさらなる絶望に顔を歪ませた。

だがここで何も言わなければ、先ほど――つまり一人きりで突然部屋に呼び出され、ただ言葉による責め立てだけで屈してすべてを自白してしまった、あの時を超える恐怖に襲われるのは目に見えている。

したがって彼女は、口の端に泡を吹くようにしながら、必死に述べ立てた。

自らが何をしたか、他の者たちに何をさせたか、そのすべてを。

「わっ、私は……私は、他の宮女たちと共謀し……紅玉様の寝室に、布で包んだ牛の首を運び込みましたっ！　使った布は、燃やすと目を引くので……東宮の廃棄物の集積場に置いておいたところを、こ、胡家の……姫君に暴かれたのです」

そして――と、震える声で暮春は続ける。

「黒殿の屋根で騒ぎを起こさせたのも、私です……。梯子《はしご》を用意し、事が済んだ後は、瑞晶様のおわす青殿の近くに隠させました」

「なんですって！」

瑞晶が、普段は伏せている双眸《そうぼう》を見開いて驚愕《きょうがく》した。

「なぜそのようなことを。まさか……！」

「つ、罪を」

両手で顔を覆い、その場にくずおれたまま、暮春は言う。

「罪を被《かぶ》せ……あなた方の仲を裂く、ために……。糸切鋏を牛の首の近くに置かせたのも、私です」

そう、糸切鋏も梯子の在処《ありか》も、太子妃候補同士で相争わせるための策だった。

しかしその濡《ぬ》れ衣《ぎぬ》が琥珀や瑞晶に着せられるよりも先に、『胡家の悪姫』が悪事の首魁《しゅかい》とされてしまった。

太子妃候補たちが悪女を前に結束してしまっては、仲違《なかたが》いは起こりようはずもない。

暮春は焦った。だからこそ、事件について嗅ぎまわっていた久遠に告げたのだ――琥珀があの鋏を持っていた、と。

だがその言葉こそが、彼女が犯人だという何よりの証拠になってしまった。なぜなら久遠以外の誰も、鋏の存在に気づいていなかったから。

つまり暮春は、犯人しか知り得ない情報を語ってしまった。それが罪を暴かれる原因となったのだ。

もちろん彼女は思っただろう。なぜ久遠にしか語っていないことを、『胡家の悪姫』が知っているのかと。けれども、すぐに思い知ったはずだ。胡家は夏輪国の『壁の耳』、知らぬ話などこの世にないのだと。

「なんてことを！」

暮春の告白に激高したのは、紅玉である。

「私たちを相争わせようだなんて……！　何が目的なのです、言いなさい！」

「それは」

その時——暮春は、なぜかひどく怯《おび》えた顔つきになった。ほとんど土気色をした肌がさらに青ざめ、視線が一瞬虚空を彷徨《さまよ》い、唇を強く噛《か》む。

直後、彼女はまるで嘲笑《あざわら》うように口の端を吊《つ》り上げながら答えた。

「……ただ、現実を教えて差し上げたかっただけですよ。皇太子殿下に見向きもされないくせに、強がって妃候《きさき》補同士で、仲良しごっこをなさっているあなたがたに」

「何っ⁉」

不穏な物言いに、銀雲が眉を吊り上げる。しかし、暮春は続けて語った。

「あの事件の後、殿下は皆様がたにお声がけもなさってはいない。夜に東宮にお泊りになることもない。つまり、心配などなさっていない……あなたがたにご興味などない、ということですよ！」

「そんなっ……！」

琥珀の目に、じわりと涙が浮かぶ。けれどそれ以上、誰も何も言えはしない——実際、暮春の言は急所を衝《つ》いていた。伯蓮から自分たちへの心遣いは、警備が増えたという一点を除いては何もなかったのだから。

暮春は、さらに何事かを言わんと口を開きかけた。だが、それ以上の会話は『悪姫』によって制される。『悪姫』は既に、今回の事件に加担した宮女の人数と名前を把握していたのだ。もちろん、これは主犯たる暮春がすべて告白したのである。

実に宮女の半数が、事件に加担していた。宦官や衛兵たちによって彼女らは涙ながらに引き立てられ、抵抗もむなしく連れていかれる。

太子妃候補たちをはじめ、無実の者たちは皆、その光景を息を呑んで見つめていた。

否――ただ一人、『胡家の悪姫』だけを除いては。

「フフフ……ククク、あはははは！」

まるで抱腹絶倒の喜劇の観客であるかのように、高らかで止めどない笑い声が、花角殿に響く。

その笑い声を聞いて、皆はこう思った。

――ああ、この世に胡家ほどの悪はないのだ。

いくらあの宮女たちが犯行に及んだ張本人だとはいえ、連行される姿を見て先ほどまでの憤怒から一転、ああまで悦《よろこ》びに浸るだなんて。

今回『悪姫』が事件を解明したのは、やはり、あくまでも己の快楽のためなのだ。

きっと暮春たちはこの後、むごい刑罰を受けるのだろう。胡家に連なる者は血に飢えた残酷な存在なのだと、皆、改めて思い知らされたのだ。

やがて花角殿に静けさが戻った頃、満足げに『悪姫』は赤殿へと立ち去った。

むろん、その背に声をかける蛮勇の持ち主など、いはしなかったのである。

一方、『胡家の悪姫』――として演じ続けながら、頭の片隅で令花はこう考えた。

(犯人を暴くことはできたはず、だけれど……なぜこんなにも、胸騒ぎがするのかしら)

久遠の面倒を親切に見てくれていた暮春が、恐ろしい事件を起こしたのが信じられないから？　――否、違う。それは辛《つら》いことだけれど、そんな感情だけが理由ではない。

最後、彼女が見せた嘲笑うような態度。太子妃候補たちの気持ちを煽《あお》り、最後まで不和を呼び込もうとするかのような発言が、違和感の正体だ。

(わざとらしすぎる……あれは演技だわ。それまで本物の恐怖に震えていたはずなのに、いかにもあの時だけ、言葉がとってつけたように聞こえたもの)

他のことならいざ知らず、それだけは、令花には断言できた。

自然にしようと努めれば努めるほど、芝居はいかにも芝居っぽくなってしまう。

その観点から言えば、先ほどの宮女の表情は、あまりに芝居らしすぎたのだ。

まるで質の悪い演出を、誰かから指示されているかのように。

(どういうことなの。まだ、本当は何も終わってなどいない……？)

胸騒ぎは消えない。むしろ危機感と化して、ずっと居残り続けている。

ならばやはり、なすべきはこの危機感を消すこと。そのためには──これまでに一番理解できない行動をとっている人物に、話を聞かなければならない。

（……殿下）

令花は、強く決意する。

たとえ不敬と謗《そし》られようとも、伯蓮を問いただすしかない、と。

第四幕　久遠、招宴にあずかること

「ははは、聞いたぞ！　大手柄じゃないか、『胡《こ》家の悪姫《あっき》』？」

部屋に入るなり高らかに笑う伯蓮《はくれん》に対して臣下の礼をとりながらも、令花《れいか》は、我知らず彼に苦々しい眼差《まなざ》しを向けていた。

しかし完璧な『胡家の悪姫』としての格好をした令花に睨《にら》まれても、伯蓮の態度は微塵《みじん》も揺らぎはしない。

事件が解決した夜、赤殿《せきでん》にある『胡家の悪姫』の居室にて。

宦官《かんがん》や衛兵たちを動かして宮女を断罪した『悪姫』に事の子細を問い詰めるため、という名目で、東宮に戻ってきた伯蓮は人払いをしたこの場所へやって来ている。

夜闇を照らす灯《あか》りの下にあって、伯蓮の姿は相も変わらず輝いて見える。けれどその煌《きらめ》きが、なんだか今の令花には、どことなく不愉快なものに思えてならない。

果たして伯蓮の真意は、どこにあるのか。

彼は本当に、ただ無責任に日々を生きることだけを望んでいるのか。何も知らないのか

――ずっとそれを隠されているような気持ちだからだ。

そんなこちらの気持ちをまるで無視して、伯蓮はすぐ近くの椅子に腰かけた。

「どうした、押し黙って。構わないから、お前もそこに座れよ」

「はい。失礼いたします」

向かい合うような位置にある椅子に、令花も腰を下ろした。すると伯蓮は語りだす。

「しかしまさか、事件を起こしたのが東宮の宮女だったとはな。太子妃候補の誰かに命令されたというのでもなく、自発的に事件を起こす奴《やつ》がいるとは思わなかった」

にやけた顔のまま、彼は話し続ける。

「あの宮女たちは拘禁された。今は取り調べを受けている頃だろう。だからこの件については、俺もお前もこれ以上気を揉《も》む必要はないわけだ……ま、本当によくやったな」

「……ありがとうございます。胡家として、当然の働きをしたまでです」

告げた瞬間、彼の視線が、ひたとこちらに向けられる。

令花はわずかに顔を顰《しか》めたまま、思わず尋ねた。

「……なんでしょうか？」

「いや、一つ疑問があるんだ」

こちらの瞳を覗《のぞ》き込《こ》むようにしながら、伯蓮は問う。

「お前、どうしてそんなにも胡家、胡家って言うんだ？」

「は……？」

思いもよらぬ言葉を突然投げかけられ、思考が一瞬停止する。

だがそんな令花に構わずに、伯蓮はさらに言葉を重ねた。

「事件が起こった翌日にすべて迅速解決だなんて、さっきも言ったように、そりゃあ大手柄だ。さすがは胡家、ってくらいにな。だけど、いくらなんでも……官吏でもないお前がここまで頑張る謂《いわ》れなんて、本来はないはずだろ」

「な、何を……」

よくわからないが、声がわずかに震える。その理由に気づけないまま、令花は言う。

「殿下、畏れながら仰《おっしゃ》っている意味がわかりかねます。そもそも事件解決を私にお任せになったのは、殿下ではありませんか。何を仰せになりたいのでしょうか」

「お前、胡家だってことに囚《とら》われているんじゃないか？」

伯蓮は嘲るでも咎《とが》めるでもなく、どこか心配そうな声音で言った。けれどその声音がなぜか、神経をざりざりと逆撫《さかな》でしていく。

（殿下は、今なんて？）

ふつふつと熱いものが胃の腑《ふ》の底で沸き立つのを感じる令花に、続けて伯蓮は語った。

「前から思っていたんだよ。お前は何かとあれば自分は胡家の末席だの、胡家の者としての責務だの言うだろう。つまりは、そう自分に言い聞かせているんじゃないかってな」

「そんなことは……」

「だいたい、『胡家の悪姫』だってそうだ」

決定的なことを、伯蓮は口にした。

「『悪姫』たる者、おぞましい嫌がらせの犯人だと思われて本望だなんて言っていたが……どれだけ体よく言ったところで、要は嫌われ役だろう。普通ならそんな役、耐えられやしない。お前だって、嫌だと思ったことがあるんじゃないか？」

「それは違います！」

腹の底から突き上げるような衝動と共に、自分でも思ってもみなかったような声量が喉から迸《ほとばし》った。人払いしているとはいえ周囲を警戒して、普段は声の大きさを気にしているのに——頭からすっぽり抜け落ちてしまうくらいに、令花は腹を立てていた。

「『胡家の悪姫』の重要性は、皇家の方ならばご存じのはずでしょう！　だから私は……私にとって『悪姫』は、ただの嫌われ役なんかじゃ……！」

今までに積み重なった鬱憤が、ついに爆発して口をついて出ていく。

「そもそもっ……殿下が赤殿を出入りされるところを目撃されたせいで、『悪姫』が殿下の寵妃《ちょうひ》だと勘違いされて、これまでに築き上げてきた印象が崩れて困っているんです！」

「はっ、寵妃？　はは、ならいいじゃないか。皇太子をたらしこむなんて、いかにも悪女ってやつだろう」

「とんでもない……！　以前申し上げたように、『悪姫』とは孤高にして不屈、何者にも媚《こ》びず常に悪逆非道であってこその存在なのです。寵妃という印象がついて回ってしまっては、今後の業務妨害になります！」

暮春《ぼしゅん》らの一件で、『悪姫』に対する皆の印象はまた孤高の悪へと戻っただろうが――

「これからは余計な噂《うわさ》が立たないよう、殿下にはむしろ常に隠し通路を使ってご移動願いたいくらいです！　そんな私に……」

胡家の誇りに囚われているだなんて、軽々しく言わないでほしい。

(胡家らしくあることが私にとってどれほど大切か、何もご存じないくせに)

普段なら考えもしないだろう事柄でも、今はどんどん心の奥底から零《こぼ》れ出てしまう。

つい息を荒らげて、何も言えなくなった令花を、伯蓮はじっと見つめていた。

ややあってから――彼は、静かに尋ねた。

「じゃあ今回、自分から事件を解決するって言いだしたのは……それが胡家としての務めだから、っていう気持ちからだけだったのか？　そういう使命感に衝《つ》き動かされたからってだけか？」

「……それは」

さんざん声をあげた後だからか、だんだんと冷静な気分になってくる。

令花は静かに自分の気持ちを探り、それから、伯蓮に正直に告げた。

「いえ……それだけでは。もちろん、胡家として事に当たるのは当然だという気持ちもありました。ですが、私はやはり」

脳裏を過《よ》ぎったのは、久遠《くおん》として太子妃候補たちと過ごした、この数日間の思い出。

そして事件の朝、恐怖に歪《ゆが》んだ彼女たちの表情。

あの時令花は、意図的に自分の感情を意識の外に追いやった。そうしなければならないほど、自分は動揺していたのだ。つまりは──

「あの方たちを、放っておけなかったんだと思います」

──胡家の使命よりも、彼女たちを優先するべきだと思う気持ちが、確かに自分にあった。伯蓮に答え、そのことに気づいた瞬間、令花は慌てて口を閉ざしていた。

（いけない……！）

ぎゅっと瞼《まぶた》を閉じ、俯《うつむ》く。

（私、今日はおかしいわ。どうしてこんな気持ちになってしまっているんだろう。冷静に

なりきれない）

でも、おかしいのはずっと前からなのかもしれない。一瞬とはいえ、使命よりも友達を
——役柄上の友達として接した人たちを、優先する気持ちが芽生えてしまっていたなんて。

（そんなの、全然胡家らしくない、ない）

絶望的な響きをもって、その言葉は令花の心を揺らした。

けれど一方で伯蓮はというと、やはり、嘲るでも咎めるでもない口調で言った。

「ああ、そういえば」

なんでもないことを突然思い出したといったような態度で、彼は続ける。

「確か、『悪姫』の役柄はお前が考えて演じているとか言っていたよな。ほら、事件を自分が解決するって言いだした時に」

「……ええ」

「それって、考えついたのもお前自身なのか？　つまり……父親とかから『悪姫』の役をやれって言われてやっているんじゃなくて」

「その通りです」

悄然《しょうぜん》と、令花は頷《うなず》いた。

「私が自分で考えて、作り出した役柄です。そうで、なければ」

「なければ？」

促すように、どこか優しい――久遠に接する時のような声音で言われて、つい、令花は正直にこう告げてしまった。

「そうでなければ、私は、胡家らしくありませんから」

――告げた後、また自己嫌悪に苛《さいな》まれる。

こんなふうに「胡家らしくない」気持ちをぺらぺらと明かしてしまうなんて、それも殿下を相手にこんな態度で語ってしまうなんて――それこそ、あり得ないことなのに。

令花の頭の中で呼び起こされたのは、まだ、令花が『悪姫』と出会う前の出来事。

演技の喜びも、己の才能にも気づいていなかった頃の思い出だった。


代々が悪を誅《ちゅう》する悪たることを本懐としてきたあまりに、胡家の血筋に連なる者は、誰しもが険しい面立ちで、誤解されやすい感情表現をするように生まれついている。

それは令花の父や祖父も、それ以外の近親者も、遠縁の親戚ですらそうだ。

だが令花はその点、純朴で可愛《かわい》らしい外見の、愛くるしい少女として生まれてきてしまった。

むろん、家族はそんな令花にも今と変わらぬ愛情を注いでくれていた。両親からは、

「その常人と同じ美しい外見は、亡き祖母から遺伝したものだろう」と聞かされた。令花には、令花にしかできないことがきっとある。だから何も心配しなくていいし、引け目に思う必要もない――と、塞ぎこむ令花の頭を撫《な》でて彼らは語ってくれたものだった。

けれど、当時の令花にとって事は深刻である。父は峻厳《しゅんげん》極まる面貌を持ち、苛烈なまでの聡明《そうめい》さで若い頃から国政に携わっている。母は思慮深いだけでなく、曇天のような陰鬱な面持ちが魅力的で、他家の出身でありながらとっても「胡家らしい」。

なのに、自分は違う。まったく胡家らしくない。抜きんでた才能もありそうにない。

自分は要らない子なのではないか？

誰に何を言われたわけでなくとも、幼い令花は勝手に自己嫌悪に陥っていた。

ところがある日、家族で連れ立って鑑賞した劇の舞台が、すべてを変える。

演目は、とある王朝の後宮を描くもの。そして令花の目に何よりも鮮やかで強烈な印象を残したのは、その劇に登場する悪女だった。

彼女はまるで雨露に濡《ぬ》れた漆黒の薔薇《ばら》のように美しく、劇中の誰よりも奸智《かんち》に富んで、気高かった。最後、主人公たちの手で滅ぼされてしまう時も毅然《きぜん》として誇り高く、燃え盛る邸宅の中で笑いながら消えていった。

たとえ演劇、つまりは作りごとに過ぎないとわかっていても、令花は心の底から思ったのだ——「かっこいい」、「私もああなりたい」と。

興奮冷めやらぬ中、馬車で家へと帰る道すがら、ふと母が窓の外を指して言った。

『ご覧なさい。さっきの劇の方々が、あちらに』

そこには、酒店で賑《にぎ》やかに盃を交わす人々の姿があった。令花は、思わず「あっ」と声をあげた。さっきの悪女《ひと》がそこにいたからだ。けれども今の彼女はずいぶんと明るく笑うし、声音や顔の雰囲気だって全然違っている。言われなければ、同じ人だと気づけないくらいに。

『それは役者さんだからですよ。舞台の上でまったく別の人になりきるのが、あの方の生《なり》業《わい》なのです』

母の説明に、令花は衝撃を受けた。演技で、あそこまで変われるなんて。見た目も人格も、まったく別の存在になり変わることができるなんて——！

その日を境に、令花は演技に自分の生きる道を見出《みいだ》した。

演技とは、想像と表現。

つまり自分ではない誰か、ここではないどこかの状況を緻密に想像し、頭に描いたそれを丹念に再現し、人前で表現する行為。成し遂げるには、修練あるのみ。

最初はあの演目の悪女の台詞《せりふ》や動きをこっそり真似《まね》てみるだけだったけれど、次第に自分で芝居に関する書を読み、観劇を重ね、演技力を磨くようになった。また街中を行き交う人々を観察して、様々な仕草や所作、生い立ちを研究していった。

すべては、胡家の一員として恥ずかしくない自分になるために。

「私だって、胡家の令嬢らしくなれる。みんなに怖がられて、でもその裏で本当に悪い人をやっつける、『胡家の悪姫』になってみせる！」

やがて自分なりに作り上げた『悪姫』のお披露目をした時の家族の驚嘆ぶりは、今でも忘れられない。

冷酷に、残忍に微笑《ほほえ》む自分の姿を見た父は、まるで別人だと手を叩《たた》いてくれた。母は、その演技の裏打ちとなった想像力と観察力、そして集中力こそが、令花の生まれ持った資質だったのだと讃《たた》えてくれた――

「演技がなければ……素顔のままでは、私は胡家としてふさわしい人間ではありません。そして私は、家の仕事が何よりも大切で、尊いものだと信じています。だからこそ……ふさわしくない自分を、どうしても許せなかったんです」

沈み込んだ気持ちのまま吐きだすように、令花は伯蓮にそう告げた。

すると、次の瞬間聞こえてきたのは――

「ふっ」

低く笑うような声。小さく肩を揺らしていた伯蓮からは、やがて哄笑《こうしょう》が聞こえてくる。

「ふふっ、はははは！　なーるほどな。確かにお前の父上の強面《こわもて》には、子どもの頃に何回か泣かされた覚えがある。それに比べれば、お前は実に可愛らしいものな！」

「なっ……！」

人の劣等感を笑うだなんて、いくらなんでもあんまりだ。

またも怒りが頭をもたげそうになったところで、伯蓮がこちらを手で制してくる。

「勘違いするなよ、馬鹿にしているんじゃない。ただ、気づかないもんかと思ってな」

「気づかない……？」

気勢を削《そ》がれて首を傾《かし》げたところで、伯蓮は微笑みと共にこう告げた。

「いいか、もしお前が父上譲りの強面だったら、俺は久遠の役を命じていない。それって、お前がその顔に生まれついてよかったんだってことにならないか？」

（あ……！）

――そんなこと、全然考えてもみなかった。

冷たい痛みに苛まれていた胸の中に、何か温かい光が戻ってくる。

その光の中心に、彼の微笑みがあるような気がした。

（殿下……）

一方で伯蓮は、何気ない口調でさらに続ける。

「それに俺は、使命も大事だけど周りの人間も大事って考え方、別に悪いとは思わないけどな。そういうのは本来あれだ、ええと」

「……人として、当然？」

ぽろりと零《こぼ》れ出た言葉に、なぜか伯蓮は苦笑した。

「人として当然、ね。まあ、その、なんていうか……確かに俺も、そう言いたかったんだが」

伯蓮はそこでふと、視線を逸《そ》らした。

「お前みたいにそう言い切れる奴《やつ》が、この国にいったい何人いるっていうんだ？」

「……え？」

「覚えておけよ」

伯蓮は悪戯《いたずら》っぽく笑い、こちらを指して告げる。

「誰もがお前みたいに自分の家族が大好きってわけじゃないし……立場だの誇りだのを持てるわけじゃないってことをな」

彼の大きな手が伸びてきて、ぽんぽん、と頭を撫でた。まるでこれまで久遠にやってきたのと同じ調子で、優しく。

しかし令花は、それに恥じらうでも、慌てるでもなかった。

(今の私は、久遠じゃないのに。また、私をからかっていらっしゃるのかしら)

胸中に、再び困惑がこみ上げてくる。

伯蓮は皇太子の立場も、皇家そのものも、大切だとは思えないのかもしれない。でも、だとしても、彼の立場はあまりにも強大で責任重大だ。心はどうあれ、従わなければならない責務というのは、時に存在するはずである。

(……やっぱり私、殿下のことがわからない。殿下はさっき……私をきっと、励ましてくださっていた。そんな方が、責務を投げ出すような人柄だとは……)

伯蓮を信じて従いたい。だけど、もし彼が本気で責務から逃れようとしているだけなのだとしたら——その時はやはり、ついていけないかもしれない。ならばまず、真意を確かめたい。

そう思った。だから令花はまず、なおも頭に触れたままの伯蓮の手からそっと逃れた。対して伯蓮は、何やら不服そうな顔をする。

「どうした。ずいぶんと反応が悪いな」

「その……先ほどまでは失礼しました。今は、どうしてもお尋ねしたい儀があるのです」

冷静な態度で告げてから、令花は、まっすぐに彼を見据えた。

「殿下は私が東宮に来てからのこの数日間、どこで何をなさっていたのですか？」

「……うん？」

「畏れながら、殿下がこの東宮を離れてまでどこにいらしていたのか、お聞かせいただきたく存じます」

嘘《うそ》偽りなく、かつ忌憚《きたん》のない言葉を投げかける。

けれど応じる伯蓮の表情は、実に意外なものだった。彼は言い淀《よど》むように再び視線を逸らし、それから自嘲するかのように鼻を鳴らすと、ぼそりと告げた。

「気楽で楽しいところ、だったらよかったんだけどな」

「え……」

「しかしまあ、確かに。お前からすれば、疑問に思うのは当然だ」

向き直った伯蓮は、ひどく真面目な面持ちになっている。相手の態度が変わった理由がわからなくて、令花はただ、じっと次の言葉を待った。

すると伯蓮は、顔つきを変えぬまま語る。

「俺には俺で、やらなきゃいけないことっていうのがいろいろとあるんだよ。将来的に、気楽に生きるために。夏輪国《かりんこく》の皇太子の座は、そう盤石なものではないんだ」

その声音は、なおも真摯なものだ。それだけに、疑問は大きくなるばかりである。

（殿下がわざと盤石でないようになさっているのだから、それは当然なのでは……？）

だが伯蓮が語りたいのは、どうやらそういった話ではないようだった。

「この国の成り立ちは知っているよな。ばらばらの小国同士が争っていた大陸を、ご先祖様が統一して作ったのが夏輪国だ。そして一つの国となったからって、国内の山賊だの海賊だのがいなくなるわけじゃないし、中央の力が弱まれば、いつまた力をつけた貴族が地方で反乱を起こすかわかったものじゃない」

伯蓮は、どことなく遠い目になる。

「そこでご先祖様は大陸統一後に皇族の男子、つまり皇子たちそれぞれに軍権と領地を与えた。信頼できる自分の子どもたちを国の各地に配置して、賊が出れば民を守り、反乱が起これば鎮圧できるように。この仕組みに歴代の皇帝が倣っているからこそ、夏輪国は二百年間、平和を享受できている」

――だけどな、と彼は続けた。

「その仕組みがうまくいくのは、家族同士が信頼できる関係の時だけだ。父である皇帝が強く、子である皇子が父を尊敬し、子ども同士も仲がいい時だけ。ひとたび父親の力が弱まり、子どもが父親にとって代わろうと剣を握ったとしたら……どうなると思う？」

「それは」

慎重に言葉を選びつつ、答える。

「地方での反乱、ひいては皇家の方々同士での戦いが起こり、夏輪国そのものが危うくなるかと」

「その通り。重要なのは、いくらお前たち胡家でも皇族同士の揉《も》め事にはおいそれと干渉できないって点だ。胡家は孫《そん》家に忠誠を誓って、悪人呼ばわりされようと、この国を裏から守っている。でも当の孫家は、身内同士で睨《にら》み合いだ。なんとも泣ける話だよな」

「お、お待ちください」

たまらず、令花は口を挟んだ。

「殿下は、今まさにそうした危険が迫っていると仰せなのですか？　今上の陛下に対する反乱や蜂起を狙う皇子様がいらっしゃると」

脳裏を、江楓《こうふう》の姿が過《よ》ぎる。

不安を抱えながら問いかけると、しかし、伯蓮は頭を振った。

「いや、そんなことはないさ。だがそれは、今のところってやつだ」

「……と仰《おっしゃ》ると？」

「俺の父親、今の皇帝が生きている限りは、反乱の心配はないだろう。いくら年老いていたって、父上の力は強く、隙がない」

軽く両手を広げながら、彼は述べた。

「だが、次代はどうだろうな？　父上には皇子が多い、多すぎた。『久遠』を数に入れなくても、皇子は総勢で十九人もいる。既に亡くなった者や、病気で療養中の者やなんかを除いてその数だ。そんな状況で、父に指名されて新たに皇太子となった人間が」

彼の右手の人差し指が、彼自身の胸の中央に向けられた。

「後ろ盾に乏しい淑妃の息子で……しかも八番目なんて中途半端な序列の若造だってなったら、他の皇子連中はどう思っているだろうな」

「……」

令花は何も言わない。というより、何も言えなかった。

要するに伯蓮は、こう言いたいのだ。たとえ陛下や群臣たちの認可を受けて立太子されたとしても、他の皇子たちが、伯蓮を皇太子として認めているとは限らない。

むしろ今の皇帝がお隠れになって伯蓮が帝位に就く時、それを不満に思い、自分こそが後継者としてふさわしいのだと各地で決起するかもしれない。

本来は夏輪国の平和のために授けられていたはずの皇子の軍権が、その決起を可能にしてしまっている。この国を守るためにあったはずの仕組みが、その実、内乱の火種を生み出してしまっているのだ、と。

（これまで歴史は学んできたけれど……そんなふうに考えたことは一度もなかったわ）

胡家にとって、皇家は尊敬すべき主家。だからこそ、今の伯蓮が語ったような内容を耳にする機会がなかったのだ。

（殿下はこの国の行く末を考えていらっしゃった。それなのに私は、無責任だなどと勝手に決めつけていたのね。……なんて失礼なことをしてしまったのかしら）

沈黙する令花の表情をちらりと見やってから、伯蓮は妙に明るい声音で言った。

「ま、とはいえ！　今、この俺が皇太子だっていうのは紛れもない事実だ。だからこそ、ちょっと無茶をして数日間根回しすれば、こういう機会を作ることができる」

そう告げて彼が懐から取り出し、差し出したのは一通の手紙だった。

伯蓮の視線に促されるままに、令花は手紙を受け取り、開いてみる。

「『明日の夜、酉《とり》の刻より桃園《とうえん》にて、兄弟が集う宴《うたげ》を執り行いたく』……？」

「ああ、そういうことだ」

すっかり普段の軽薄な調子に戻った伯蓮が、にやりと笑う。

「輝雲《きうん》の近くにいる皇子連中を集めて、お前と初めて会った桃園で宴会をする。そこで皆に、久遠を紹介しようと思ってな」

「えっ⁉」

あまりに突然の言葉に、思わず耳を疑った。けれどやはり伯蓮の意図は聞こえた通りの内容の様子で、彼はこちらの表情の変化が面白かったのか、声をあげて笑った。

「別に驚く必要はないだろう。平民から皇家の血を引く者が見つかったとなれば、お披露目の機会があって然《しか》るべきだ。第一、お前を東宮に呼んだ理由、忘れたわけじゃないよな？」

「もちろん、覚えておりますが」

（けれど、皇子様がたが居並ぶ場面で久遠を演じるなんて……！）

不安半分、しかしもう半分は期待と興奮だ。皇子たちの前で演じるなど、演技を愛する者としては、これ以上ない舞台であり栄誉だといえるだろう。

一方で伯蓮は、そんな令花をにやにやしながら見つめている。

「今回は、あくまでも呼べそうな連中を呼んだだけだ。だから集まるのは辺境に領地があるとか都合が悪いとか、そういう奴らを除いた十人。お前はその十人の皇子たちの前で、一番末っ子の皇子として振る舞ってくれ」

そこで彼は、人差し指の先を今度はこちらに向ける。

「覚えておけよ。お前は『病弱で、健気《けなげ》な俺の弟』なんだ。皇子連中の前で、俺はお前を目一杯大事に扱う。だからお前も、張り切って久遠を演じろよ」

「はい」

拱手《きょうしゅ》し、令花は頭《こうべ》を垂れた。

「お任せください。ご期待に沿えるよう、精一杯努めます」

きっぱりとそう告げた後で、けれど、令花は「あら？」と内心で首を傾《かし》げた。

（……殿下が皇太子に選ばれたことに不満を抱く方々がいるままでは、将来的に夏輪国が危ないというのが先ほどのお話だった。ならばその危機を回避するには、やはり殿下は早いうちに地盤を固められるべきなのでは……）

となると、「太子妃もとらずに好き勝手に過ごす」名目となる久遠を皇子たちに会わせて、そこで「久遠がいるから太子妃はとれない」ことを印象づけるというのは、おかしいというか、辻褄《つじつま》が合わないような気がするのだが。

（またからかわれているのかしら……？　でも、殿下は別にふざけていらっしゃるわけではなさそうだし）

何やらまたはぐらかされたような気持ちになってきて、どうもすっきりしない。

かたや伯蓮は、令花から言質を得たとばかりに晴れ晴れとした表情で、椅子に腰かけたまま、大きく伸びをしている。

「まったく、この宴の準備には骨が折れたんだ。血を分けた兄弟といっても、気の合わない連中ばかりだからな。でもどうしても、この機会を作る必要があったんだ」

それに——と、また彼の視線がこちらに向いた。

「堂々と東宮を放っておけたのだって、まあ、言ってしまえばお前がなんとかしてくれるかもしれないって期待があったからだ。まさか、本気で事件を解決してしまうとまでは思っていなかったけどな」

「そうなのですか？」

「ああ」

伯蓮は、悪戯《いたずら》っぽく微笑《ほほえ》んだ。

「お前を東宮に呼べてよかったよ、胡令花。お前の演技力のほどは、よく知っていたけどな。最初に見た時は驚いたぞ。小犬と接する前と後で、あれだけ変化があるなんて」

「えっ……」

瞬間、令花ははっとした。殿下の仰る小犬とは、つまり——飼い犬の蘭々《らんらん》。

となると、もしや殿下は——

「あのっ、殿下！　なぜ、蘭々を……私の飼い犬をご存じなのですか!?」

つい、少し前のめりになって問いかけてしまう。

（誰も知らないはずの『悪姫』の正体だけではなく、蘭々のことまでご存じだなんて。いったい、どうやって？）

我知らず心臓が早鐘を打ちはじめたのを感じながら相手の返答を待つと、対する伯蓮は事もなげに言う。

「それは、お前の父上に下知の手紙を託す前に、下準備として何度か胡家を訪れていたからな。抜け道を使って」

「抜け道とは……？」

「前に教えただろう。東宮には、非常時に備えた抜け道が至るところにあるんだよ。この部屋から、東宮の入り口の傍の茂みの中に出るものもあれば――皇太子の居室から、地下道を使って胡家邸宅の庭の隅に出るものまで。同じような仕掛けが大量にな」

（ああ！）

確かに胡家の庭の隅、つまり蘭々を飼っている場所の近くに、いわくありげな祠《ほこら》のようなものがあるのは知っていた。父母からは、土地神を祀《まつ》る大切な場所だから悪戯に触らないようにと言い含められていたので、普段は近寄らないようにしていたけれど。

（きっとあの祠に仕掛けがあって、東宮と繋《つな》がっているのね。胡家は皇家にとって信頼できる一族だから、身の危険が迫った時の避難先としても安心できると……）

けれどあの時、つまり最後に蘭々と会って戯れていた時、その様子を皇太子が見つめていただなんて、ちっとも思わなかった。

「あの姿を見た時に、お前になら『悪姫』だけじゃなくて『弟』役もできるだろうと確信したんだよ。それで、桃園で例のお願いをしようと決めたってわけだ」

「そ、そういうことだったのですね」

どうやら、当初求められていたのは『悪姫』の力だけだったらしい。

蘭々と遊ぶ姿を見られたからこそ、伯蓮に令花自身の姿を認識され、演技力を借りようと思ってもらえたのだ。

「どうした、真っ赤な顔をして」

こちらの顔を覗《のぞ》き込むようにして、伯蓮はくくと笑いを堪《こら》えている。

「まさか、完全無欠で冷酷無比な『悪姫』に可愛《かわい》いところがあるだなんて、知ってほしくなかったのか？　まあ、恥ずかしがることはないさ。お前が俺の依頼をこなしてくれている限り、言いふらされる心配はないんだから」

「いいえ」

そこはきっぱりと、首を横に振る。

「いつ誰に見られても問題ないように振る舞う覚悟が足りずに愛犬と戯れてしまった、己の不明を改めて恥じているのです」

「やっぱり演技一筋だな、お前」

なんだか呆《あき》れたように言った後、伯蓮はゆっくりと席を立つ。

「ともあれ、重要なのは明日の仕事だ。俺の『弟』として、今まで以上の働きを頼むぞ」

「はい、承知いたしました」

気を取り直して、令花は深く首肯する。満足そうにそれを見つめた後、ふと伯蓮は、ぐっと前屈《まえかが》みになって顔を近づけた。

気づいて令花が顔を上げた直後、伯蓮が静かに口を開いた――真摯で、どことなく柔らかな表情で。

「東宮でのことは、本当によくやってくれた。ありがとう」

囁《ささや》くように告げられた後、頭に何か温かいものが、そっと触れた。

――撫《な》でられている。

そう思った時、どういうわけか、心臓がどきりと跳ね上がったように感じた。

（え……？）

どうしてそんなふうになったのか、自分でもわからない。頭を撫でられるなんていつものことで、つまり、伯蓮はまたこちらを久遠扱いしてからかっているだけだ。

そんなことはわかっているはずなのに、なぜか今だけは、ちょっと頬が熱い。

「じゃあな」

伯蓮は、普段と変わらぬ調子に戻って言う。

「明日に備えて、よく休めよ」

それだけ言い残して、彼は去っていった。

自分以外誰もいなくなったその部屋で、令花は、未《いま》だ硬直が解けない。

（……はっ！）

ややあってから、答えを探り当てる。

（そういえば以前読んだ演劇に関する本に、役に入り込みすぎた場合の危険性について記してあったような）

役に入り込みすぎる、すなわち自分が演じている役柄に関して深く考えるあまりに感情移入しすぎてしまうと、逆に役柄としての感情が演者に流れ込んできたり、自分自身と役柄の区別がつかなくなってしまったりする場合があるという。

（役者は役を演じるのであって、役と一体化するのが目的ではない。肉体や精神にも負担がかかることだから、絶対に役に入り込みすぎてはいけないと学んでいたはずなのに）

なのに今、あんなにどきどきしてしまった。

これはつまり、敬愛する兄に頭を撫でられた久遠が感じるだろう嬉《うれ》しさや喜びが、自分自身に逆流してしまったということに違いない。

(ああ、いけない！　今日は私、自分の未熟さを思い知るばかりだわ)

劣等感といい、蘭々といい、伯蓮が無責任な人物なのだと誤解していたことといい——まだまだ自分は、演技者としても一人の人間としても、足りない面しかない。

(いえ、落ち込んでいる暇はないわ)

誰もいない空間で、令花は勢いよく立ち上がる。

こういう時こそ、重要なのは練習だ。薫香殿《くんこうでん》に戻ったら、明日に響かない程度に修練を重ねて、『久遠』という役柄の精度を上げておかなくてはならない。

——私、精一杯頑張ります。殿下！

ぐっと拳を握って、令花はそう誓うのであった。

＊＊＊

太陽が西に傾き、山辺が黄昏《たそがれ》に染まっていく頃。

令花は久遠としての格好で、久々に東宮の外に出ていた。乗っているのは皇家専用の山吹色の屋根の馬車で、隣に座るのはもちろん伯蓮である。

「この馬車、なかなかいいだろう?」

頭の後ろで手を組んで枕のようにしながら、窓の外を見つめて伯蓮は言う。

「揺れないし広いし、おまけに座り心地もいい。こういう馬車に遠慮なく乗れるっていうのは、まあ、皇家に生まれた特権と言えるかもしれないな」

「そうですね、兄上」

久遠として、令花は応える。

「こんなに素敵な馬車、初めて乗りました。仁頭州《じんとう》から東宮へ来る時だって、ここまで立派な車じゃなかったですから」

「……おい」

窓に向けていた顔をちらりとこちらに向けて、伯蓮が訝《いぶか》しむように言う。

「お前、大丈夫か?」

「はい、問題ありません」

対して久遠はにっこりした。

「東宮に来てからは、体調がとてもいいんです。暖かいところで、美味《お い》しいものをたくさん食べられていますから。これも兄上の」

「いやいや、そうじゃなくてだな」

言うなり伯蓮は久遠に顔を近づけ、耳元でこそこそと言った。

「別に馬車の中でまで、久遠として振る舞う必要はないだろう。兄弟水入らずってことにして、この車には俺たち以外には誰もいないんだし」

「前日の反省を生かしているのです」

短く令花は答えて、それから、また久遠として言葉を発した。

「あっ、兄上。あちらを見てください、水鳥が飛んでいきますよ！」

「……あーはいはい、そうだな」

伯蓮はいかにも呆れたように言った後、窓に視線を戻して独り言のように告げた。

「まあ、お蔭《かげ》でちょっと気が紛れたよ」

「兄上、緊張なさっているのですか？」

「それは、一応な」

答える伯蓮の表情は、こちらからは見えない。

「会って楽しい連中なら、こんな気分にはならないんだが」

不穏な呟《つぶや》きの後、彼は何も言わなくなってしまった。その薄茶色の髪が夕陽《ゆうひ》を跳ね返して煌《きらめ》いているのを眺めつつ、頭の片隅で令花は考える。

（殿下は、他のご兄弟とは仲があまりよろしくない様子だけれど……）

口ぶりから考えて、恐らくそれは彼が立太子されたから、という以前の話なのだろう。

（他の皇子様がどのような方々なのかは、お父様たちからは伺ったことがないわ。伯蓮殿下が八番目で、十人の皇子様が参席なさるのなら、様々な年齢層の方がいらしていそうね）

男性がたくさん集まっている状況に客として顔を出すなんて、年に数度の親戚の集まりを除けば経験がない。どんな雰囲気なのか、心配も興味も尽きないところではあるが——

（ともかくこの調子で、今日は久遠としての演技を崩さずにいきましょう）

徐々に夕闇が濃くなっていく景色に目を向けている間に、馬車は桃園へと近づいていく。


「おっ、お初にお目にかかります！　久遠と申します」

桃の花弁《かべん》が舞う中、久遠は拱手《きょうしゅ》し、深くお辞儀をする。しかし、返答は聞こえてこない。

恐る恐る顔を上げてみても、それは変わらなかった。

桃園の中央に設《しつら》えられた艶《あで》やかな長い卓には、伯蓮の言葉の通り、十人の男性がついている。恐らく伯蓮と近しい年齢の青年から、口元に髭《ひげ》を生やした壮年の男性まで、年齢層は幅広い。よく見れば、第六皇子の江楓もそこにいた。

だが江楓以外の皇子たちの眼差《まなざ》しは一様に、冷たく厳しく、値踏みするようなものである。太子妃候補たちが『胡家の悪姫』に向けていたものとは、また違う色の拒絶だ。

大歓迎を期待していたわけではないけれども、こうまであからさまに冷淡な反応が返ってくるとは思っていなかったので、令花は少し驚いた。

一方で傍らに立つ伯蓮は、久遠の肩に片手を置いて朗々と告げる。

「お集まりのお歴々には、ご多用の折に恐れ入ります。我々と同じ血を引く弟、孫久遠をご紹介いたします」

伯蓮の纏《まと》う雰囲気は、普段の放埒《ほうらつ》なものではなく、貴公子然とした落ち着きのあるものである。にもかかわらず、皇子たちは久遠に向けているのと同じ視線を、彼に投げかけた。

しかもそのまま、誰も何も言わない。

（……私、何かしたほうがいいかしら）

一瞬そんな考えが頭を過《よ》ぎるが、いや、ここはむしろ黙って立ち竦《すく》んでいるほうがよいだろう。久遠のような年齢の少年がこんな場所に放り込まれたとして、気の弱い性格なら泣き出しているかもしれない。それほどにこの場の空気は、冷たく陰湿なものだった。

卓を囲むように配置された灯篭の光が、かえって落とす影を濃くしている。

「い、いやぁ」

ややあってから、江楓が苦々しく笑いながら口を開いた。

「私は先日、久遠くんとは挨拶をしたんだよ、伯蓮殿。禁城に用事があって、東宮の近くを歩いている時にね。だろう、久遠くん？」

「あっ、はい」

ぺこりと一礼しながら、久遠は応える。

「その節はどうも、ありがとうございました」

「そうだったのか、久遠」

わずかな驚きを表明しつつ、伯蓮はこちらを見て微笑《ほほえ》んだ。

「江楓兄上は、とても優しくて聡明《そうめい》な方だ。たくさんお話を伺うといいぞ」

「はい、兄上！」

久遠は屈託なく頷《うなず》く。

その時、上座についている壮年の皇子から軽いしわぶきが漏れた。視線を向けると、相手はいかにも不愉快そうに、重々しい口調で言う。

「江楓は優しくて聡明、とな。その物言い、まるで他の我らはそうではないとでも言いたげだな、伯蓮」

ぎろりと伯蓮を凝視するその眼差しには、皇太子に対する敬意どころか、弟への親愛の情すらも感じられない。

「おまけに、どこの馬の骨とも知れぬ子どもが我らと同じ血を引く、だと？　フン。お前のような者と同じ血を引いていることすら、信じられぬというのに」

「まあまあ、兄上」

と外見に似合わぬ甲高い声を発したのは、別の皇子だ。

「どうかそう仰《おっしゃ》らず。伯蓮殿も皇太子となられた今、心許せる同胞が欲しいのでしょう。あの淑妃と同様、父上に媚《こ》びることだけに長《た》けた平民の腹から生まれた、弟をね」

「それは違いない」

がはははは、と汚い笑い声が響く。半数以上の皇子たちが、揃《そろ》って哄笑《こうしょう》している。

そして久遠――否、令花は、ただ自分の耳を疑っていた。

（今、なんて……？）

久遠の出自を訝しむのはわかる。久遠を歓迎しない、というのもまだ理解できる。

だが今、あの皇子たちは、伯蓮とその母を侮辱してはいなかったか。しかも、耳を疑うような言葉で。

令花は、ちらりと傍らの伯蓮を見上げた。しかし伯蓮はただ、笑みを湛《たた》えているだけだ。

さっき久遠に話しかけた時の微笑みを、そのまま張り付けているかのように。

彼の沈黙を都合よく解釈したのか、皇子たちの悪口は止まるところを知らなかった。

「父上の色好きにも困ったものだ。少しでも見目がよければ、出自も気にせずに淑妃に据えてしまうとはな。あまつさえ、その子にまで不相応な座を与えるなど」

「伯蓮、いったいどうやって父上に取り入った？　お前の惰弱ぶりは我ら全員が知るところだというのに。おおかた、母に泣きついて取りなしてもらったのであろう」

「どのような取りなし方であったのだろうなあ？」

嫌みったらしい一言に、また汚い笑い声が唱和するように響いた。

「我らがこうして呼び寄せられて、お前に平伏するとでも思ったか？　その考えが浅はかなのだ」

「おお、乳臭くて鼻が曲がりそうだ。おまけに今日は下民の臭いが混じっている」

侮蔑、嘲笑と冷罵。令花の基準では、相手の立場など関係なく、およそ人間が人間に向けてはならない物言いばかりが飛び交っている。

久遠は、まごついて涙目になっているだけだ。恐ろしい悪意に晒《さら》されているのはわかるが、投げつけられている言葉の意味はよくわからない。――久遠としては、それが正しい。

けれどもその頭の中で、令花の心は激しく荒れていた。

怒り――そう、まず表面化したのはそれだ。顔にまで出ないように必死に制御し、密《ひそ》かに拳を強く握らなければならないほど、その怒りは激しい。

(なんてこと……！　皇子たる方々が、こんなにも下品で無礼千万だなんて)

視線を送れば、悪口を垂れ流しているのは年長と思《おぼ》しき皇子たちばかりで、江楓以下、比較的若い年齢の皇子たちは押し黙っている。だが苦笑いしているのは江楓だけで、それ以外の皇子たちは皆、年長の皇子たちの言葉に追従するような笑みを浮かべていた。

諂《へつら》い、あるいは同意だろうか。いずれにせよ、ここには皇子たちの振る舞いを一喝するような気概のある人物は一人もいないらしい。

──こんな人たちが、皇子だなんて信じられない。

自分の素直な心がそう吐露した時、令花は、ふと気づく。

今感じているのは、怒りだけではない。──激しい落胆なのだと。

(……胡家は、皇家の懐刀にして毒刃。悪を誅《ちゅう》する悪……皇家のために、力を尽くす存在)

ついさっきまではゆるぎなく、それが当然のことだと思っていた。

だからこそ昨晩、伯蓮に対しても、胡家の誇りを口にできたのだ。でも、今は──

(お父様たちは、胡家の皆は、私の祖先は……こんな人たちのために、力を尽くしてきたの？　自分の弟とその母君を、汚い言葉で嘲笑《あざわら》う人たちのために)

自分の立っている場所が、ぐらぐらと揺れて崩れていくような、この不愉快な感覚。たまらない、こんな気分なんて――知りたくはなかったのに。

（いえ、違う。落ち着いて、令花）

過日の事件の朝と同様に深呼吸をして、自分の戸惑いを意識の外に追いやった。

今は自分のことで悩んでいる場合ではない。面罵されているのは、伯蓮なのだ。

（殿下、このままではいけません）

心の中で訴えながら、伯蓮の手にそっとこちらの手を伸ばした。

（これでは久遠を大切にしていることを示すどころか、この場にいる限り、あなたや母君が悪意に晒されるだけです！）

伝えたくて、軽く相手の指を握ってみて驚く。

伯蓮の手は、氷のように冷たくなっていた。

「大丈夫だ、久遠」

やがて伯蓮はそう言って、力なく微笑む。

「大丈夫だからな」

「どの口がほざくか！」

それまで黙っていた、ひときわ年長の皇子が叫んだ。彼の向かいに座っている江楓が、耳を塞ぐほどの大声である。

「呼び出された揚げ句、酒も飯もないとは。早く出さんか、気が利かぬ！」

「承知しました、大兄上」

慇懃《いんぎん》に伯蓮は告げ、それから、付き人たちに宴席料理を運ばせる。ここは桃園の中心部なので、馬車で運んできた調理器具で作れるもの、つまりは蒸したての点心や桃饅頭《まんじゅう》などの軽食が中心だ。そして、数々の美酒も。

しかし海老《えび》蒸し餃子《ぎょうざ》の弾力ある食感も、口にしなくても伝わるほどに馥郁《ふくいく》たる酒の香りも、心を和ませはしない。

伯蓮が座る席は主催のものだと到底思えないほどに居心地が悪そうだったし、この宴《うたげ》の目的である久遠に対して、興味や関心を向ける皇子は一人もいない。

盛り上がる内容は、いかに伯蓮が、あるいはその母が卑しい存在かという話題だった。人を罵り、貶《おとし》め、それでいてどれほど自分たちが皇族として「正しく」「誠実に」務めを果たしているかを延々と語り続ける。

――これ以上醜態を晒されるくらいなら、さっさといなくなりたい。

そんな気持ちすら、胸に湧き上がってくる。

「久遠」

呼ばれて隣を見やれば、伯蓮は穏やかな笑みと共に言った。

「身体《からだ》が冷えてはいないか？　温かい茶を淹《い》れてもらったから、ちゃんと飲むんだぞ」

「……はい、兄上」

嵐のように飛び交う悪口雑言などまるで聞こえないふうに語る伯蓮に、応じて久遠も笑顔を返した。――なぜ伯蓮がこんな場を作ったのか、どうしてあの皇子たちに言われるがままになっているのか理解はできない。けれど、ここはせめて毅然《きぜん》としているべきだろう。

しかし、どうやらそれが皇子たちにとっては面白くないらしい。

先ほど飯と酒を要求して叫んだ年長の皇子が――既にたくさん酒を聞《きこ》し召したせいですっかり酔客と化している――大声をあげた。

「おい、そこの！　そこの子ども！」

明らかに久遠を指している。こちらが返事をすると、彼は盃《さかずき》を振りかざした。

「酒が尽きたぞ！　気が利かぬ。さっさと酌をせんか！」

泡を吹くように言う皇子に、令花は内心で呆《あき》れ果てた。酒の瓶は彼の目の前にあるし、そもそも弟とは給仕ではない。

(でも久遠の性格からして、嫌がるのはおかしいわね)

「は、はい。かしこまりました」

久遠は少し怯《おび》えながらも頷いて、席を立つ。それを見て、伯蓮の張り付けたような笑みがわずかに崩れた。

「おい、久遠。無理をしなくても」

「僕は大丈夫です、兄上。それに僕のご紹介のために皆様にお集まりいただいたのですから、これくらいはしなくては」

殊勝にそう告げて、久遠は酔った皇子のもとへと歩み寄る。その従順な態度を与《くみ》しやすさととったのか、皇子たちは低く笑った。

一方で久遠は、恐る恐る酒瓶を手に取る。中身を盃に注ごうとすると、ふいに皇子が顔を近づけてきた。

（う……！）

口から漏れる息は、明らかに酒気の臭いがする。相手はそのまま、こちらの首の近くに鼻を近づけてきた。たまらずに久遠は言う。

「な、何をなさいます」

「ふん。どうにもおかしいな」

匂いを嗅ぐように鼻を動かした後、皇子はにたりと口の端を吊《つ》り上げた。

「お前、本当に男か？　年頃の生娘のような、よい匂いがするがなぁ」

（ええっ⁉）

久遠が顔を引き攣《つ》らせるのと同様、頭の片隅で令花も驚愕《きょうがく》した。

（に、匂い……？　もしかして、髪に香りが残っていたとか？）

なんと答えればいいのか咄嗟《とっさ》にわからず、久遠は目を瞬《しばたた》かせる。

けれどそれでさらに勢いづいたのか、年長の皇子はさらに不愉快な笑みを濃くする。

「ふぅん。匂いばかりでなく、よく見れば顔つきもなかなか愛らしいではないか。どれ」

と――相手の手が、こちらの頭へ伸びてきた。

次いで頭に感じるのは、どこかかさついた、他人の熱の感触。

撫《な》でられたのだ――と感じた瞬間、背筋が粟立《あわだ》つ。

「あっ、あの！」

令花は久遠として、精一杯の声をあげて身を捩《よじ》り、手から逃れた。

「お、おやめください。僕、ちょっと……」

「なぁにを嫌がる、これは兄からの愛情だぞ」

そんなことを言いながら、なおも撫でようと皇子はまた手を伸ばしてくる。もちろん、相手が嫌がっているのは理解しているのだろう。むしろ、だからこそやっているのだ。

（こんな人が皇子だなんて。……こんな人たちのためにも、お父様は……）

　自分の足元がぐらつくような、大切なものが引き裂かれてなくなってしまいそうな感覚に、また襲われる。

　けれど——年長の皇子の手がまた久遠の頭に触れようとした、その直前。

「そこまでにしていただけますか」

　聞こえたのは、静かで鋭い怒気を秘めた伯蓮の一声。次いで割って入った彼の手が、皇子と久遠を強引に引き離した。

「あ、兄上……！」

　窮地を脱したからか、鼓動が激しくなっている。久遠が呼びかけると、伯蓮は一瞬だけ、ひどく辛《つら》そうな視線を返してきた。

　だがすぐに年長の皇子へと向き直ると、伯蓮は告げる。

「畏れながら、大兄上。弟に手を出さないでください」

　その言葉はこれまでのどんなものよりも、凛《りん》とした響きを持っていた。

「なん……だと!? 驕《おご》るな、伯蓮！」

　酔っている顔をさらに赤黒く染めて、皇子は唾が飛ぶのも気にせずに叫ぶ。

「寵愛《ちょうあい》を笠《かさ》に着た若造が、惰弱で放埓《ほうらつ》な臆病者が、この私に逆らうとはな！　今に見ていろ、お前ごとき、この私が引きずり降ろして」

「お、大兄上っ！」

皇太子への害意を口にしそうになった兄を、隣に座る弟皇子が慌てて止めている。

「そ、それはさすがに。どうかここは抑えて、抑えて」

「何を申すかっ！」

酔客の怒りは、今度は諌《いさ》めた弟へと向けられた。

「元はといえば、伯蓮のせいであろう！　なぜ兄上亡き後、選ばれたのが第二皇子たる私でなく……」

語りながら立ち上がった酔客、すなわち第二皇子は、よほど酔いが回っていたのか、ふらりと体勢を崩した。直後、真っ青な顔になって四《よ》つん這《ば》いになった皇子の口から、滝のように吐瀉《としゃ》物が流れ出る。

「うげっ」

「ぎゃあっ！」

近くの席にいる皇子たちは身を捩らせて席を立ち、江楓は顔を伏せた。それまで黙りこくって佇《たたず》んでいた伯蓮の側仕《そばづか》えたちもまた、耐えきれない様子で顔を背けている。

桃花舞い散り、灯篭のおぼろげな灯《あか》りが照らす中、眼前にあるのは世の醜悪さを煮詰めた地獄のごとき光景だ。

第二皇子の腰帯からぶら下げられた麒麟《きりん》の浮き彫りのある佩玉《はいぎょく》が、主の身動きに合わせてむなしく揺れている。

そう、あの方は皇家の人間。胡家が忠誠を誓う皇家の人間。——今、自分の依《よ》って立っていた場所が、がらがらと音を立てて崩れ去ったのを令花は感じた。

（……酔って吐く姿とは、あのような感じなのね。勉強になる……）

虚脱感に襲われた脳裏を過《よ》ぎったのは、そんな他人事《ひとごと》のような感想だった。

そして、当たり前のことではあるが——第二皇子の嘔吐《おうと》と退場を以《もっ》て、桃園での宴はお開きとなったのである。

＊＊＊

月が東の空から、市街を優しく見守っている。桃園から東宮へ続く馬車の帰り道は、行きと比べてさらに重苦しい空気に満ちていた。

令花は久遠として振る舞うでもなく、唇を閉ざしていた。視界を過ぎる窓の外の風景も、もはや心を動かしはしない。

（……皇家には、あのような方々もいるのね……）

思い知らされた事実は、あまりにも重たかった。

というより自分が、ひどく無知だっただけだ。

(『悪姫』だけでは頭打ちかもしれないなどと考えて……伯蓮殿下にお役目をいただいて、これで私も胡家として務めを果たせると、ただ喜んでいたけれど)

その務めの重さを、真意を、自分は理解していなかった。

仕えるべき皇家とはどのような存在なのか、どんな人物がいて、それでも果たさなければならない務めの意味はどこにあるのか。

(私は、何も知らずにいたのね)

こんな精神状態ではもはや、この先も役目を担う資格などない——とまで、思う。

(こんな時、胡家の人たちは……お父様たちなら、どうするのかしら)

もしここが馬車の中でなかったなら、膝を抱えてさめざめと泣いていたかもしれない。

けれどその時、身動きした視界の隅に映ったのは、傍らに座る伯蓮だった。彼は今、来た時と同じように窓の外を眺めていた。こちらからは、その表情は窺《うかが》い知れない。

だが自然と思い出されたのは、つい先ほどの出来事だ。

第二皇子の手から、伯蓮は救ってくれた。もしあのまま誰も助けてくれなかったなら、正体が露見するどころか、もっと恐ろしいことが起こっていたに違いない。

――落ち込んでばかりではいられない。一言、きちんとお礼を告げなければ。

そう考えて、令花は口を開きかけた。しかしそれを読んでいたかのように、それまでずっと押し黙っていた伯蓮が、先に言葉を発する。

「がっかりしただろう」

誰よりも彼自身を突き放しているような、声の響きだった。

「……え？」

図星を衝《つ》かれ、つい気の抜けた返事をしてしまう。すると、彼はこちらに向き直った。月光を背景にしたその面持ちは、暗く沈んだ怒りに満ちている。

「胡家が必死に仕える皇家があんな調子で、お前はさぞかし、がっかりしただろうな。でもむしろ、皇家にはああいう連中ばっかりだ。才能があっても、人格がおかしい。人格はマシでも、才能はない。じゃなきゃ、その両方だ……胡家が悪名を負ってまで、助けるべき存在なわけがない」

「殿下、私は……！」

本来の自分自身としての態度で、令花は続きを述べる。

「ええ、そうです。……気落ちしています。私は胡家の務めがどうなどと、殿下に知った風な口を利いていながら……何も、知らなくて」

「だろうな」

「し、しかし！」

続きの言葉は、口から自然と衝いて出ていた。昨日、伯蓮に思わず反論した時と同じく、腹の奥から噴き上がってくるような熱い衝動のままに、令花は語る。

「殿下は先ほど、助けてくださいました。誰もが久遠を助けようとはしていなかったのに……ご自分も酷《ひど》い中傷を受けていたのに、それでもなお、私を助けてくださいました！」

——そのことを思うと、どうしてだろう。もう崩れ切ったと思った自分の足元に、まだ大事な場所が残っているような気持ちになれる。

「ありがとうございました、殿下。そればかりは……どうしても、お伝えしたくて」

「礼なんて不要だ。そんなの、人間として当然のことだろう。……ああ、くそ」

ほんのりと頬を赤らめて、彼は頭を激しく掻《か》いた。

「違うんだ。お前は礼なんて言わなくていいし、感謝もしなくていい。俺は最低のことをしたんだ。お前をあの宴《うたげ》の席に連れていくべきじゃなかった。俺はお前を利用しただけだ」

（利用？）

伯蓮の言葉の意味が、今一つ理解できない。

「久遠を大切にしていると示して、太子妃をとらない名目を立てるという……？」

「そういうわけじゃない」

意外なことを、彼は言った。頭を振るように、うんざりしたような表情で。

「あの宴を開いた目的を果たすためなら、大兄上に絡まれたお前を、俺は放っておかなきゃいけなかったんだ。あの時、俺はお前と目的を天秤《てんびん》にかけてしまった。それで助けるのが遅くなったんだ。だから、礼なんて言わなくていい」

「……」

伯蓮の言葉は途切れ途切れな呻《うめ》き声のようだった。だがそれでも、何か大切なことが隠されているような気がした。

令花の脳裏に、これまでの出来事が蘇《よみがえ》ってくる。

――伯蓮は、「気楽に生きたい」から令花を太子妃候補に、さらに弟にすると言った。けれどその実、彼は自身が帝位に就いた時に、夏輪国に内乱が起こる可能性を危惧していた。それを回避するために、今日の宴を開いた。

そして宴にいる皇子たちはほとんどが、伯蓮を惰弱だと侮っていた。

（殿下は、目的を果たすためには、第二皇子殿下を止めないでいるべきだった。つまり久遠を守らずに、ただ侮られたままでいるべきだった？）

考えた瞬間、雷光のように答えが閃《ひらめ》く。伯蓮が太子妃をとらず、わざと放埒な言動をして、いかにも皇太子として不適当な人物であるかのように振る舞っていたのは――

「皇子様がたを油断させて、わざと事を起こさせ……後の反乱の芽を潰すため、ですか？」

「なっ」

驚いたように、伯蓮はわずかに目を見開く。だがすぐに彼はそれを打ち消すと、またも頭を振った。

「何を言っているんだ、馬鹿馬鹿しい。俺はあの連中が言う通り、ちゃらんぽらんな臆病者なんだよ。うちの皇族は俺が一番マシだから皇太子に選ばれるくらい、馬鹿野郎揃《ぞろ》いのクズ集団なんだ」

「畏れながら、殿下は臆病者ではありません。あなた様の目的がなんなのか、私、ようやくわかったような気がします」

目の前を塞いでいた霧が、突然晴れていくような――なくなったと思っていた居場所が、実はずっと足元にあったような、そんな心地だ。

我知らず微笑《ほほえ》みながら、令花は続きを口にした。

「いかに殿下が皇太子としての立場を盤石にされようと、一部の皇子様がたの野心が消えてなくなるわけではありません。なぜならあの方々は、ただ殿下に嫉妬していらっしゃるだけなのですから」

そう、彼らは確たる理由があってではなく、伯蓮の出自にかこつけて嘲笑《あざわら》っているばかりだった。だから仮に伯蓮が完全無欠の皇太子として態勢を盤石なものにしていたとしても、彼らは納得などしない。

そしていくら胡家が後ろについているといえど、皇子たちによるそうした工作は簡単には露見しない。つまり正攻法では、絶対に反乱の芽を潰しきることはできない。

「だから殿下は、あえて隙を作られた。そうすれば、与《くみ》しやすしと見て外敵が自らその姿を晒《さら》すから……ああ、かつての胡家の行いと同じですね！」

自らを仮初めの巨悪となし、真の悪を暴き立てて誅殺《ちゅうさつ》する。

伯蓮もまた、同じことをしていたのだ。悪である演技をして、周囲を欺く。

――『胡家の悪姫』と、やっていることは一緒だ。父たちが述べていた伯蓮皇子への評判は、まったく正しいものだったのである。

「東宮の事件にあえて関わらない態度をとっておられたのも、それが理由なのですね。そうでした、私……殿下にとても失礼な態度をとってしまっていたかと存じます。大変申し訳ありません。どうかお許しください」

「おいおい」

ようやく伯蓮の表情に、いつもの雰囲気が戻ってくる。

「勝手に想像を膨らませているみたいだが、それは買い被《かぶ》りすぎだ。たとえそうだとしても、俺はお前に誤解されて当然な態度をとっていたし……それに、言ったろう」

彼は肩を竦《すく》めて告げた。

「俺みたいな奴《やつ》が皇太子に選ばれてしまうほど、この国の皇子はクズ揃いなんだ。だから、事が起こる前に膿《うみ》を出し切りたいんなら、まともじゃない手段を取らないとな」

「殿下……」

やはり、こちらの考えは正しかったようだ。

――「自信を持ってほしい」と伝えたかった。伯蓮は自分を御して、たとえ周囲に疎まれようと、蔑まれようと、この国の未来のために動いているのだ。

そんな彼が皇太子にふさわしくないはずがない。そして――胡家の者として身命を賭し、悪名を負ってでもお助けするべき存在ではないなんてことは、あり得ない。

忠誠とは何より、相手を見極めたうえで向けるべきもの。

すべてを知った今――令花は、自分の役目をまた誇りに思えるような気がした。

けれどいくら言葉を尽くしても、きっと伯蓮は否定するだろう。

なんと言えばいいのかわからずに黙りこくっていると、やがて伯蓮のほうから、おもむろに口を開いた。

「なあ。それなら、一つ聞いてもいいか」

「はい、なんなりと」

頷《うなず》くこちらに、彼は自嘲するような面持ちで言う。

「いかにも自信がある人間のように振る舞わなければならない時は、どうしたらいい？　自信なんてない時に、それを隠す方法だ。お前は演技が得意なんだから、そういうのも詳しいだろう」

「……そうですね」

令花は正直に答えるだけだ。

「そういう時はいっそのこと、思い切り演じてみればいいと思います」

「自信のあるフリをしろってことか」

「いいえ。フリではなく、『自信のある人間の役』を演じるのです」

微笑んで、令花は続けた。

「演じている限り、あなた様はあなた様自身ではなく、『自信のある人間』になります。ご自身の心は隅に追いやってください。人は振る舞いから心を読み取ります。自信のある人間のように振る舞えば、あなた様は誰の目にも自信家に映るのですよ」

もっとも――

「僭越《せんえつ》ながら、殿下はとても演技がお上手だと思います。だって私、すっかり殿下のお心を見誤っておりましたから。ですから、元よりお悩みになる必要もないかと思います」

「どうかな。お前にそう言われて、喜べばいいのか励めばいいのか」

ふっ、と伯蓮の表情がほころぶ。それはまるで初めて会ったあの日、舞い散っていた桃の花弁《はなびら》のように華やかで、どこか儚《はかな》げな笑みだ。

「ありがとう、胡令花。今後の参考にさせてもらうよ」

告げた彼の手が、ゆっくりとこちらへと伸びてくる。そうしてその手がぽんぽんと二回、頭の頂点を撫《な》でて、離れていった。

瞬間、令花の心臓は痛いほど跳ね上がる。それから鼓動が早くなり、止まらなくて――

何か疼《うず》きのようなものが、胸の中いっぱいに広がっていく。

（えっ、え!?　また？　どうして……）

久遠としての感情が、また自分に流れ込んでしまったのだろうか。

でも今の殿下は、胡令花に礼を述べてくれたのに。要するに今の手は、久遠ではなく令花を撫でてくれたのであって。それによくよく考えてみれば、第二皇子の時はあんなに嫌だったこの感触を、なぜ今の自分は――？

（わ、わからないわ。私、どうしてしまったのかしら）

いろんな出来事が立て続けに起こったせいで、頭が混乱してしまったのかもしれない。

令花が目を瞬《しばた》かせている間に、馬車は東宮へと近づいている。

「さ、もうすぐだぞ」

すっかり明るい口調に戻って、伯蓮は言う。

「明日からは、また普通に生活してもらうからな。俺の用事が済むまで、お前はしばらく東宮暮らしのままだ。いいよな、久遠？」

「えっ、あっ、はい。兄上！」

慌てて久遠として、令花は応えた。

伯蓮の用事、つまり反乱分子の抽出。いつまで久遠として演じ続ければいいのか、それはわからない。

けれど久遠として振る舞うことが、伯蓮の道の支えになっているのなら――

それがこの国を守ることに確かに繋《つな》がっているのなら、やはりこの演目を任されていることは、自分にとって限りない栄誉だ。命を賭してでも、演じるべき役柄だ。

胸に残るどこか甘やかな感覚と、いつまでも探したくなる伯蓮の手の感触の余韻と共に、今の令花は、はっきりとそう断言できた。

しかしこの時の令花はまだ、知る由もない。
平穏はまだ、見せかけのものすらも訪れてはいなかった。
舞い戻ってきた東宮、『胡家の悪姫』の部屋——
扉の下に差し挟まれた一通の手紙によって、事態は風雲急を告げる。

終幕　悪姫、演じること

久遠《くおん》として生活する中でも、令花《れいか》は人目を忍んで一日に一度は、赤殿《せきでん》の様子を確かめるようにしていた。その折はいつも、例の茂みから『悪姫《あっき》』の部屋へと通じる隠し通路を使っている。

（今朝も異常はなさそうだわ）

桃園《とうえん》での宴《うたげ》の翌朝早く、久遠としての格好で、誰もいない寝台や調度品の様子を確かめて、ほっと一息をついた。

その時、扉の下に外側から、白い紙が差し挟まれているのに気づく。簡単に折りたたまれただけのその紙片には、しかし、見慣れた印章が押されていた。

（胡《こ》家の印章！　ということは、この紙は……！）

紙を抜き取り、糊《のり》を剝がして開いてみる。するとやはり、それは父から令花への通信だった。どうやら、昨夜遅くから今朝がたに届けられたものらしい。『悪姫』の部屋に立ち入ることはできない宮女が、やむなくここに置いていったのだろう。

令花は素早く、その紙面に目を走らせた。

(……『本日未明、窃盗を犯した者に流三千里、殺傷せし者に鞭《むち》を五百。四海の惨禍が我らの愉悦、時は未《ひつじ》、場所は山麓……』)

恐らく、端から見れば刑罰の記録か、単なる奇怪な文章に思えるだろう。

それもそのはず、これは胡家伝来の暗号文である。もちろん令花は幼い頃からの訓練の甲斐《かい》あって、普通の文章と同じようにこれを読み取ることができた。

(『令花へ、壮健だと聞いている。先日は東宮での騒ぎの解決、大儀。だが状況が変わった』)

信じられない内容に、令花は目を見張った。

(『過日捕らえられ、取り調べを受けていた宮女たちが、揃《そろ》って病を得たとの報が入った。激しい嘔吐《おうと》に苛《さいな》まれ、話を聞ける状況ではなくなった。しかし病に似た症状を起こす毒など、この世には数多《あまた》ある』……)

このことは、殿下にもお伝えしておく。お前も充分に気をつけて、守りを万全にしておくように――という言葉を添えて、父の文章は閉じられていた。

(激しい嘔吐……)

病というだけなら、快癒を祈る他ない。しかし父がこうして手紙で伝えてくるのなら、それはむしろ毒による症状である可能性が高いということを示している。

もし暮春《ぼしゅん》たちに毒が盛られたのだと考えるなら――

（誰が、なんのためにそんなことを？）

暮春たちは、何か知っているのか。それとも、何かしてしまったのだろうか。

伯蓮《はくれん》の立太子を疎む皇子たち、反乱の芽、そして宮女たちの起こした事件。

なんの確証もないものの、これらがどういうわけか一つに繋がっているような気がして、背筋が凍るような思いがした。

（胡家が動いていて、殿下にもお父様から伝えていただけるなら、私は何もする必要はなさそうだけれど……）

それでも、用心するに越したことはない。

朝食の席できっと会うだろう伯蓮と、一応話し合っておいたほうがよいだろう。

――と、考えていたのだが。

「えっ、兄上はいない？」

「ええ。今日の明け方に出立されたものですから」

新しく久遠の世話係になった新米の宮女が、申し訳なさそうに言った。

「なんでも、急にご用事ができたそうです。あっ、そうでした」

慌てた様子で、彼女は一通の手紙を差し出した。

「こちら、殿下より言付かっております。どうぞ」

「あ、ありがとうございます……」

文面にはこうあった。

『所用ができたので、しばらく東宮を空ける。昨晩の熱は大丈夫か？　なかなか下がらない様子だから心配だ。くれぐれも無理をせず、兄が戻るまでよく休んでいるように。大人しく、いい子にしていろよ』

手紙を伏せ、内心で首を傾《かし》げた。

（昨晩の熱……？）

内容から察するに、これは「戻るまで、熱が出たふりをして休んでいるように。お前は東宮から動かなくていい」という指示なのだろうか。

（殿下はいったい、どうされたのかしら）

伯蓮が遊び歩いているわけではなく、むしろ他の皇子たちの様子を探るために東宮を離れていたというのは、わかっているつもりだ。しかしこちらが東宮に留まるように、わざわざ指示を受ける理由はどこにあるのだろう。

先ほどの胡家からの手紙といい、何が起こっているのだろうか。

とはいえ、令花にこれ以上何かできるわけでもない。

（殿下には、きっとお考えがあるんだわ）

運ばれてきた朝餉《あさげ》を、ちびちびと食べる。

（ならば私は、熱が出たという演技を全力でするしかない）

そうと決まれば、話は早い。

朝食をほんの少ししか食べられなかった久遠は、なんだか体調が悪いと言って、すぐに寝床に戻った。

「昨日の宴で外気にあたってから、ちょっと熱っぽくて。大丈夫です、寝ていれば治りますから……お医者様は呼ばないでください。ご迷惑をかけたくないんです」

宮女たちにはそう頼み込み、久遠は部屋で休むことにした。

もちろん令花自身は健康なので、その後もうっすら化粧をしてわざと肌の色を悪くしてみたり、咳《せ》き込んだり、「兄上はどうしているのかなあ」と弱気になってみたりと、病床の弟らしい態度をしっかりと演じていく。

すっかり心配した太子妃候補たちは折に触れて見舞いの品を差し入れてくれたし、久遠の調子のいい時に（もちろんいつでも調子はいいのだが）、話し相手になってくれた。

そういうわけで、令花としては退屈しない時間を過ごしていたのだが。


さすがに丸三日も、伯蓮が姿を見せないというのは気がかりだ。

「兄上、どこにいるんでしょう……」

天井に描かれた雲の間を飛ぶ麒麟《きりん》の絵を眺めながら、横たわる久遠はぽつりと呟《つぶや》く。

その一言に、寝台傍の椅子に座る太子妃候補たちは一様に同情を示した。彼女たちは今日も揃って、見舞いに来てくれている。

「うん……本当、どこにいらっしゃるんだろうね」

琥珀《こはく》が眉を曇らせて言う。

「殿下が東宮に来られないのは珍しくないけれど、久遠くんが寝込んでいるのにこんなに長い間、全然お姿を見せないなんてさ」

「普段の殿下であれば、久遠様に付ききっきりで看護に励まれそうですのに！」

「何か、秘匿すべき重大事件でもあったのかもしれないな」

紅玉《こうぎょく》と銀雲《ぎんうん》もまた、どことなく不安そうだ。その傍らで瑞晶《ずいしょう》は顔を伏せ、何か考え込むような表情をしている。

「瑞晶殿は、どうお考えだろうか」

「私ですか？　……そうですね」

顔を上げた瑞晶は、きっぱりとした口調で語った。

「普段であれば、まっさきに胡家の姫君の関与を疑うところです。しかし実は昨日、私の実家から届いた文に、気がかりなことが記されておりまして」

――孔《こう》家からの文？

気になって密《ひそ》かにそばだてた耳に、瑞晶が語る言葉が聞こえてくる。

「四日ほど前から、第二皇子殿下が謎の病に苦しんでいらっしゃるとのことなのです。私の伯父は医師として皇家の方にお仕えしているのですが、これはただの病ではないと」

流行《はや》り病だと厄介だから、瑞晶もくれぐれも気をつけるように――という内容だったようだ。

「ですので私は、伯蓮殿下は第二皇子殿下のお見舞いに向かわれたのか……あるいはそこで同じように病を得てしまわれたのではないかと、案じております」

瑞晶はそう解釈したようだが、令花は頭の片隅で戦慄していた。

(第二皇子殿下といえば、あの宴の……！)

とんでもない失態をみせていた人物だ。だが考えてみれば、嘔吐は父からの手紙にあった通り、東宮で事件を起こした宮女たちも襲われている症状である。もしもあの時の嘔吐が単なる酔いのせいではなく、宮女たちと同じ理由によるものだとしたら——

（お父様は、病ではなく毒を疑っていた様子。ならば）

第二皇子もまた、毒を盛られたのだろうか？

例えば、あの酒の中に毒が入れられていたとしたらどうだろう。薬というものは、酒と一緒に飲むと効能が想定より素早く、強力に出てしまう場合があると書物で読んだことがある。そして薬は、容易に毒にも転じるものだ。

（つまりあの宴の席で、第二皇子殿下は毒を盛られていたのではないかしら。そしてそのまま、毒の症状でずっと苦しんでおられるのでは）

取り調べを受けていた暮春たちだけでなく、第二皇子にも毒が使われた——この推測が正しいなら、東宮や皇家に対する、誰かの明確な悪意を示している。

悪意。これまでなら、つまり東宮に来る前ならば、令花はただ指示があった時に動けば充分だった。むしろ計画外の行動は、余計な負担を生むばかりなので厳に慎むべきだ。

それに伯蓮からも、「大人しく、いい子にしていろ」と命じられている。

思えばあの言葉は、こういう意味なのだろう。

東宮から動かなくていい、ではなく——何が起こっても、東宮《そこ》から出るな。

（ご命令ならば、従うべきなのかしら）

――その通り。本来であれば、それが正しい姿だ。

皇家から下された命令に従うのが、胡家の者としてあるべき態度である。

（でも……）

『悪姫』にできる仕事に頭打ちを感じ、新しいお役目を求めて、自分はこの東宮へと参じたのだ。にもかかわらず、実家にいる時と同じように、ただ命令を待つばかりでいいのだろうか？　それでは、東宮へ来た意味などないのではないか。

――考えるだけで、ここ数日の胸騒ぎがさらに強くなっていくのを感じる。

あるいはそれは、予感にも似ていた。このまま何もせずに放っておいたら、何か恐ろしいことが起こってしまうような感覚だ。

何もするなと命じられているのに、それに従うのがもどかしくて堪《たま》らない。

（せめて、殿下がどこにいらっしゃるのかだけでも、はっきりしたらいいのに）

思い出すのは、これまでに過ごした日々で見つめてきた、伯蓮の面影。

軽薄な言動の裏に幾度か見えた、真摯で繊細で、優しい表情。

久遠として撫《な》でられたあの手の温《ぬく》もりの余韻を、無意識に頭上に探してしまう。

――殿下が心配だ。

胸の内の切なる思いが、つい、久遠としての口を動かしてしまった。

「兄上……」

呟いてしまった直後、はっと令花は息を呑《の》んだ。意図せずに台詞《せりふ》を発してしまうとは、まだまだ修行が足りない！

しかし反省するこちらをよそに、兄を呼ぶ久遠の呟きは、またも太子妃候補たちの心を揺さぶったようだった。

「うう……！」

琥珀の目から、ぽろりと涙が零《こぼ》れる。

「だよねだよね、久遠くんも心配だよね！　えーっ、どうしよう……なんとかして、あたしたちで殿下の居場所を探せないかな？」

「うーむ。そうしたいのは山々だが、何をすればよいのやら」

腕組みしている銀雲も、深く考え込む様子で唸《うな》っている。瑞晶もまた、己の頬に手を当てててため息をついた。

「せめて自由に東宮の外に出られる身なれば、話は別なのですが。無事を祈る他に、私どもにはなす術《すべ》がないかと」

「そうですわね……」

紅玉は、何やら思案げに眉を顰《ひそ》めている。

そんな彼女たちの様子をちらりと見やり、令花は、心の底から思った。

(皆さん、とても優しいのね。私、お知り合いになれて本当によかったわ)

もちろん知り合いになったのは久遠であって、胡令花本人ではない。

けれどこうして東宮で彼女たちと過ごせているのは、自分にとって限りなく幸せなことだ。不安な心を抱えて、それでもどうしようもない時に気持ちをわかちあってくれる人が

——友達がいるというのがこれほどまでに心強いだなんて、これまで知る機会がなかったから。

(大丈夫。きっと、なんとかできるはず)

今は憶測で飛び出すべきではない。この状況で自分に何ができるのか、じっくり考えてみるべき時なのだろう。

思考に耽《ふけ》るために、久遠が目を閉じると、太子妃候補たちは眠ったのだと勘違いしたようだ。彼女たちは音を立てずに、そそくさと部屋を去っていった。

自分以外誰もいなくなった部屋の中で、聞こえてくるのは、いつの間にか降りはじめた雨が屋根を叩《たた》く音のみ。

——ここまで、知らない間に消耗していたのかもしれない。

令花は気づかない間に、夢も見ない深い眠りについていた。

「……見つかりましたわ！」

突然聞こえてきた紅玉の明るい声に、はっと目を覚ます。

瞼《まぶた》を開ければ、辺りはすっかり暗くなっていた。どうやら、数刻は経《た》っているらしい。

扉の向こうからは、瑞晶や紅玉たちの声が聞こえてくる。

「紅玉殿、どうかお静かに！　久遠様はお休みになっているのですから」

「そ、そうでしたわね。これは失敬」

おほんと咳払《せきばら》いしたような音の後、やや声を低めて紅玉は語る。

「ですが、ようやく連絡が来たのですもの。殿下が今、どちらにおられるのか……」

――その言葉に、完全に意識が覚醒した。

「こ、紅玉殿！」

寝台から起き上がり、久遠は自ら扉を開けた。廊下に立っていたのは予想通り紅玉たち
太子妃候補で、彼女らはこちらの剣幕に一瞬驚いた様子だったものの、すぐ微笑《ほほえ》む。

「あら、起きていらしたのね、久遠様。ちょうどよかった、実は殿下のご滞在先がどこか、
やっとわかりましたの」

扇で口元を隠しながら言う紅玉に、久遠――否、令花は心からの称賛を贈る。

「すっ、すごいです、紅玉殿！　それで、いったいどちらなのですか」

「どうか慌てないでくださいまし。寝間着のままお話しすれば、またご体調が悪くなってしまいますわ。中でお教えしますから、ね」

柔らかく窘《たしな》めるような言葉に頷《うなず》き、久遠は寝台の上に戻った。一方で部屋に入るなり、紅玉は静かに語りだす。

「殿下は気取らないお人柄ですが、紛れもなく皇太子であらせられますわ。すなわち殿下を東宮の外で歓待する側の者は、必然的に相応の礼を以《もっ》て接する。要するに、殿下が一日滞在されるだけで、お金とモノが大量に動く、というわけですの」

（ああ、なるほど……！）

その一言で、令花は紅玉の意図がなんとなくわかった。

「ですから私、実家の荘《そう》家に使いを出して尋ねました……ここ三日の間に、殿下をお迎えするに相応《ふさわ》しい物品を買い込んだお客様はいらっしゃらないか、と。本来であれば、顧客情報は機密中の機密ですから、おいそれと教えてはもらえないのですけれど」

しかし紅玉は、頼み込んでくれたのだという――他ならぬ久遠のために。

「さっきようやく返事が得られたんですの。殿下は、輝雲《きうん》にいらっしゃいますわ。第六皇子の江楓《こうふう》殿下のお屋敷《やしき》が昨日、急遽《きゅうきょ》大規模な酒宴の準備を始められたという情報を掴《つか》みましたので」

「……！」

瞬間、背筋をぞくりと嫌なものが通り抜けていった。

（第六皇子、江楓様のお屋敷……？）

穏やかで親切で、桃園での宴《うたげ》の席でも伯蓮への罵倒に参加しなかった皇子。

彼の下にいるのなら、伯蓮のことは心配しなくてもよいのかもしれない。

実際、銀雲たちはほっと胸を撫で下ろしている。

「江楓様のところなら、心配は要らぬな。お人柄については、父からもよく聞いている」

「これで安心だね、久遠くん！」

「は、はい」

久遠として、令花はなんとか笑顔を作った。応じるように、紅玉が口を開く。

「そういうわけですから、久遠様も心配なさる必要はありませんわ。ゆっくりお休みになっていれば、きっと明朝には殿下はお戻りになりますわよ」

「後で宮女に頼んで、お粥《かゆ》を持ってきていただきましょう。それを召し上がったら、よくお眠りになってくださいね」

瑞晶もまた優しく告げ、そして不安事のなくなった太子妃候補たちは、静かに部屋を去っていく。扉が閉じ、再び、部屋には令花一人となった。

しかし今度はもはや、眠気は感じない。闇の中にぼんやりと浮かぶ天井の麒麟《きりん》の絵を睨《にら》むように見つめたまま、令花はじっと思考を巡らせた。

思い出したのは、初めて江楓に会った時の光景だ。彼は梯子《はしご》をかけて屋根に上ろうとしていたこちらの姿を見つけて、声をかけてくれた。

その時、江楓はただの一人も側仕《そばづか》えを連れていなかった。

（よく考えてみれば、妙な状況だった。この国で最上級の貴人である皇子様が、お供もなくただ一人で歩いていらっしゃったなんて）

今までに、令花と伯蓮は一対一で会う機会が多かった。だがそういう時は必ず、何かと理由をつけて伯蓮が人払いしている。つまり理由もなく、皇子がただ一人で出歩く状況なんて考えられない。意図的にそうしていたのでない限り。

ならば、なぜ江楓はただ一人で歩いていたのだろう。

そもそもどうして、この東宮の周りを歩いていたのだろうか。

（そういえば以前、お父様が仰《おっしゃ》っていた。『犯人は必ず現場に戻ってくる』と）

では、もしかして。否、確証のない判断で動くわけには。

けれど、あの時の違和感——つまり江楓と初対面のあの日、親切な警告をしてくれた彼に対して抱いた違和感の正体に、今になって気づけたような気がした。

(自然にしようと努めれば努めるほど、芝居はいかにも芝居らしくなってしまうもの)

事件を起こした暮春が見せた、あの表情と同様に——江楓もまた、演技をしていたのだとしたら。それが、あの時覚えた感覚の正体なのだとしたら。

鼓動が激しくなってきたのを感じながら、令花は頭を振った。

息を深く吸い、吐きだし、心の動きを制御する。落ち着かなければならない。

「……そう。僕は、伯蓮様の弟」

鏡の前ではないものの、久遠としての声音で呟《つぶや》く。

「だから僕は……僕が、なんとかしなくちゃ」

いつか物語で読んだのと似た調子で、令花は自然にそう口にしていた。

久遠なら、どうするだろう。一途《いちず》に兄を慕う、健気《けなげ》で病弱な弟であれば、どのような行動をするのが適切だろうか。

これは台本にない演技、いわば即興だ。しかも指示とは違うことを、あえてしようとしている。けれども、頭の片隅で令花は思う。

(これまで何度も、殿下は台本にない即興をされていた)

ならば今、この時だけ——令花も即興劇で、殿下を驚かせてもいいはずだ。

自分の書いた台本で、伯蓮のための演目を演じてもいいはずである。

（待っていてください、殿下）

もしかしたら、これは単なる杞憂《きゆう》かもしれないけれども。

（私、やり遂げてご覧に入れますから）

迷いはない。密《ひそ》かに準備をした令花は深夜、久遠としての格好で東宮を出た。

もちろん隠し通路を使ったので、その姿を見咎《みとが》める者は、誰一人いなかった。

＊＊＊

朝靄《あさもや》が、閑静な街並みに揺蕩《たゆた》っている。

ここは、輝雲の中でも貴人が多く住まう一角。瀟洒《しょうしゃ》な邸宅が並ぶその中に、この地に住まいを与えられた江楓の家がある。

第六皇子の屋敷とあって、門構えからして立派なものである。

だがその門の前に一人、少年がやって来た。訝《いぶか》しむ門衛に対して、少年はおずおずと話しかけてくる。

「あ、あのう。ここに、僕の兄上が来ていませんか」

兄？　なんのことだ、話にならない。とにかく去ってくれ、こっちは忙しいんだ――

と追い払おうとしたその時、少年は懐から何かを取り出した。

透き通るような緑色の石は、丸く、麒麟の浮き彫りが施されていた。

翡翠《ひすい》の佩玉《はいぎょく》。しかも麒麟の印章があるものを持っている、ということは。

思わず言葉を失う門衛に対して、少年は気恥ずかしそうに微笑んだ。それから、ぺこりとお辞儀をして告げる。

「僕は孫《そん》久遠です。申し訳ありませんが、江楓様へのお取り次ぎをお願いいたします」

そう言われては、門衛は従う他なかった。


「いやあ、久遠くん。いらっしゃい」

「おはようございます、江楓様！　突然の来訪となり、も、申し訳ありません！」

通された応接間――広々とした機能的な作りの部屋でしばし待っていたところ、久遠の前に、江楓はすんなりと現れた。

今日も焦げ茶色の髪を丁寧に纏《まと》め上げ、おっとりとした表情を浮かべている彼は、こちらの謝罪に鷹揚《おうよう》に返す。

「いいんだよ、言っただろう。私と君は兄弟なのだから、遠慮は要らない。……うーん、それにしても」

と、彼は自分の顎を撫《な》でるようにした。その後ろには、どことなく鋭い眼差《まなざ》しをこちらに向ける衛兵たちが並んでいる。

「伯蓮殿を捜している、と言っていたね。誰かに、彼がここにいると聞いたのかい？」

「はい。実は」

久遠はもじもじしながら言う。

「東宮にいる怖いお姉さん……えっと、『胡家の悪姫』と呼ばれている人に聞きました。お兄さんに会いたいのなら、こっそり東宮を出て、江楓様のお屋敷を尋ねてごらんって」

「……へぇ」

やや太めの眉を顰《ひそ》めて、意外そうに江楓は応えた。

「あの姫君に会ったのかい。それはさぞ怖かっただろうね？」

「は、はい。急に部屋にやって来て。でも、僕、どうしても兄上に会いたかったんです」

「そうか……。だから東宮を離れて、こんなところまでやって来たのだね」

同情しながら納得したように、うんうんと彼は頷いた。そして一歩、近づいてくる。

「一人で来たのかな？」

「はい、そうです」

久遠はこくりと首肯して言った。

「禁城からずっと歩いてきたので、少し疲れてしまいました。でも、大丈夫です！」

「そうか、そうか」

さらに一歩、江楓は近づいてくる。

「そして、どうしても伯蓮殿に会いたいのだね？」

「会いたいです。どちらにいらっしゃるのでしょうか」

「そうだねえ」

目の前に佇《たたず》む江楓は、何か思案するように首を傾《かし》げた。それから、おもむろに手を伸ばしてくると――

がし、とその手の指が、久遠の頭に食い込む。まるで、小動物を捕らえた鷲《わし》のように。

「えっ!?　こ、江楓様……？」

「私のことは、兄と呼んでいいと言ったのに」

何やら残念そうに、江楓は語った。

それこそ、子どもの頭を摑《つか》んでいるという状況に不釣り合いなほどに、のんびりした口調だ。

「でもまあ、仕方ない。いいとも、会わせてあげるよ。久遠くん」

「ほ、本当ですか！」

ありがとうございます——と礼を告げようとしたその口は、素早く背後に回ってきた兵士の手で、布に覆われる。

布に染み込んだ薬剤が、少年の意識を素早く刈り取った。

がくりと項垂《うなだ》れたその両の手首は後ろに回され、縄でしっかりと拘束されてしまう。

そこまで見届けてようやく、江楓は少年の頭から手を離した。

「うーん、困ったものだな」

あくまでもおっとりした口調を崩さずに、彼は思案するように言った。

「いきなり伯蓮殿が尋ねてきたのが、昨日だろう。胡家の手が回ってきたのだとしたら、妙に早い。連中は皇家相手には、多少動きが鈍るはずなのに。不思議だねえ」

「いかがなさいますか、殿下」

問いかけるのは、衛兵たちの長であり、江楓個人に仕える武官の長である。

「伯蓮様からは、未《いま》だに例のものを頂戴しておりませんが」

「そうだね。けれど、慌てる必要はないよ」

縄で支えられるようにして立たされている久遠の姿を見つめて、江楓は笑みを浮かべた。その瞳には温《ぬく》もりがない。

「この子の姿を見たら、伯蓮殿も気が変わるだろう。彼は弟を溺愛しているようだから」

江楓の邸宅の中で最も壮麗な広間は、黒と白とで彩られていた。窓を塞ぐ、分厚い帷幕《いばく》が黒。鏡のごとく磨かれた大理石で作られた床が白。

その床の上にある、一対の調度品——上品な文机《ふづくえ》の前の椅子に、一人の貴人が腰かけている。険しい視線は、眼前の二枚の紙と筆に向けられていた。

一枚の紙には、既に文章が記されている。もう一枚は完全なる白紙。

貴人——すなわち伯蓮は、うっすらと額に汗を浮かべたまま、ただ机の上を見つめている。

彼の目は時たま、ちらりと周囲に向けられる。だが、なす術《すべ》はない。部屋の四方には剣を携えた衛兵たちがいて、彼の様子を窺《うかが》っているからだ。

決して皇太子殿下に剣など向けていない、という言質をとるかのように、彼らは刃を抜き放ってはいない。しかしもし、伯蓮がここから逃げ出そうとしたならば、兵たちはすぐさまそれを振り回すことだろう。彼らは江楓の私兵であり、すなわち、夏輪国《かりんこく》の皇家そのものに忠誠など誓ってはいないのだから。

無益な睨《にら》み合いが続く中、ふと、軋《きし》んだ音をあげて扉が開く。

はっと顔を上げた伯蓮の目は、入ってきたそれを見た時、さらに大きく見開かれた。

ここに来て以来、初めて伯蓮が見せた動揺に、江楓はほくそ笑む。

「やあおはよう、伯蓮殿。どうかな、手紙は書けたかい？」

「貴様《きさま》っ、江楓！　ふざけるなよ」

縄を巻かれ、がくりと項垂れたまま連れてこられた久遠の姿を見て怒り心頭に発したか、伯蓮は言葉を荒らげた。

「その子は……久遠は関係ないだろう！　よくもそんな卑怯《ひきょう》な手を」

「卑怯？　人聞きの悪いことを言うのは、やめてくれないかい」

江楓は、ちょっと困った質問をされた時くらいの態度で頬を掻《か》く。

「この子は君を捜しに、自分でここまでやって来たんだ。それに君がその書面を書き写してくれさえすれば、すべての問題は解決するんだけど……」

まったく悪びれない物言いに、伯蓮はますます視線を鋭くし、歯嚙《はが》みした。

手紙──つまり、書き写せと脅されている内容は、こうだ。

『私と母たる淑妃は議論の結果、今上帝と皇后とを共に廃すことと決めた――』

つまり父たる皇帝と皇后を、皇太子たる伯蓮と母の決定において暗殺しようという計画書。この内容が、まさに伯蓮の字で書かれた状態で発見されたとしたら、どうなるか。

恐らく周囲は、息子が皇太子に選ばれたことに気をよくした淑妃が、後宮が自分の天下となる日が早く訪れるのを夢見るあまりに、息子と共謀して皇帝と皇后を廃そうとしたのだ――と判断する。

言うまでもなく伯蓮は廃嫡となり、皇太子の座は別の者に譲渡されるだろう。

さらにもし、その時に――第二皇子から第五皇子までの全員が「偶然にも」病に伏せっていたとしたらどうか。

立太子されるのは、第六皇子の江楓、と決まるはずだ。

「最初はもっと穏やかな手を使うつもりだったんだよ」

なおものんびりと、江楓は語る。

「東宮で連続して騒ぎを起こして、君が太子妃候補たちをろくに管理できていないと噂《うわさ》を流して……君って皇子《わたし》たちの間では、臆病者で有名だろう。小さい頃から、いつも泣いてばかりいたじゃないか。ちょっと揺さぶりをかければ、音を上げてくれると思ったんだけどなあ」

宮女たちが東宮で事件を起こしたのは、彼女たちの意思によるものではない。

すべて裏で、江楓が糸を引いていたのだ。彼女らを大金でそそのかし、決して露見はしないからと言い聞かせて、思い通りに動かす。その確認のために、彼は東宮の近くを訪れていた。けれど計画は破綻し、宮女たちの悪事は『胡家の悪姫』に暴かれてしまった。

だから今、こんな手段を取っている。

「けどまあ、そうだね。臆病者の君が、一人きりで自分から出向いてくるとは思っていなかったよ。昨日の宴《うたげ》で酒を飲んでくれていたら、今頃はひどく酔っぱらって、わけもわからないうちにその手紙を書きあげていたはずなのに……どういう風の吹き回しかな」

「あんたが勧めた酒を飲んで、大兄上のように吐き散らすのはごめんだったからな」

眼差しは鋭いまま、伯蓮は不敵に言ってのけた。

──そう、あの時第二皇子は、向かい側の席に座っていた江楓の忍ばせた毒を呷《あお》った。

そのせいで今もなお、苦しみ続けている。刑吏のもとにいる宮女たちの食事に入れられた毒も、まったく同じ種類のものだ。

江楓は、手に入れた毒の量の調整をしている。今は嘔吐《おうと》だけで済んでいるが、いずれは即死に至らしめる効能の毒となるだろう。

胡家と裏で繋《つな》がり、東宮の外で根回しや調査をしていた伯蓮は、それに気づいた。そこで江楓と直談判《じかだんぱん》をしに、邸宅に乗り込んだのだ。事を荒立てないよう、ただ一人で。江楓がここまで強硬な手段を取ってくるとは、思っていなかったのが誤算だったが。

「だいたいあんた、気づいていなかったのか」

伯蓮は負けじと告げた。

「俺があの時、桃園の宴に呼んだ連中は、父上がずっと首輪をつけている奴《やつ》らだけだ。これまで父上の命令に従わず、立太子にも反対していた者たち——あそこに呼ばれた段階で、自分は目をつけられているんだと気づいて、大人しくすればよかったものを」

「警告のつもりだったのかい。しかし、私を兄上や馬鹿な弟たちと同じだと思わないでほしいなぁ」

気位だけ高く無能な兄弟たちの姿を思い浮かべながら、江楓は苦笑する。

「私は口先だけの人間じゃない、やると決めたら最後までやり抜くよ。例えば久遠くんの指を、これから一本ずつ切り落とすというのはどうだろう。二十本全部がなくなる前に、伯蓮殿、君は意地を張るのをやめられるかな？」

江楓が軽く手を挙げたのに合わせて、久遠を縛る縄を持つ兵士が、短刀を抜き放った。

「よせ!!」

伯蓮が叫ぶ。それでも無論、江楓はやめるつもりなどない。

「ああそうだ、眠っている間に事を進めてしまうのはよくないね。ちょっと久遠くんを起こして……」

その悲鳴を伯蓮にたっぷり聞かせてやろう。

江楓の嗜虐《しぎゃく》心が、そんな結論を導き出した時である。

（……今だ！）

今までずっと起きていた久遠が、かっと顔を上げる。次いで両手首を縛っていたはずの縄が、まるで手品のようにするりと外れた。

江楓も、兵士たちも、伯蓮すらも、あまりのことに虚を衝《つ》かれている。

だから彼らが我に返るその前に、久遠の声音で、令花は叫んだ。

「兄上、台本はありません！」

――その言葉の意味を、きっと伯蓮はわかってくれるだろう。

確信と共に、令花は勢いよくしゃがみ込む。一足早く我に返った兵士が咄嗟《とっさ》に手を伸ばしたものの、その動きを止めることはできない。

そのまま、あらかじめ目をつけていた燭台《しょくだい》まで走り寄って身体《からだ》ごと突き倒した。火は瞬く間に帷幕に燃え移り、もうもうと煙をあげはじめる。

「何をしている、早く消せ!!」

さすがに余裕の色を失《な》くした江楓が、慌てる兵士たちに指示を出している。その隙に令花は、身を屈《かが》めたまま煙に紛れて、まだ燃えていない帷幕の裏へと逃げ込む。

ここまで、すべてが令花の書いた筋書きの通りだった。

江楓が黒幕だった場合、恐らく、久遠は伯蓮と交渉するための人質にされるだろう。そして人質にされるのであれば、眠り薬を嗅がされるかもしれないし、縄で縛られるかもしれない。けれど予想の上ならば、切り抜けようはいくらでもある。

布が見えた瞬間に息を止めつつ気絶したフリをして、縄で縛られる瞬間に、手首を特定の角度に曲げて固定する。そうすれば眠らされず、しかも縄から抜け出しやすい隙間を保ったまま、縛られた状態となるのだ。

——すなわち筋書き通り。だから何も問題はない。そしてここから先が、即興劇だ。

帷幕の裏で、令花は懐から化粧道具を取り出した。いつどこでも『悪姫』として活動できるよう、最低限の装備は必ず携帯するようにしている。

　そして身に沁《し》みついた『悪姫』の化粧は、鏡を見なくとも、三十数える時間があれば完成させられる。髪形も、ほどいて結いなおせば今はそれで充分だ。

　最後に──唇の両端に、自分の右手の親指と人差し指を軽く添える。それから指の幅を広げつつ、口角をにいっと吊《つ》り上げた。

（これより私は、『胡家の悪姫』）

　何者にも媚《こ》びず、屈さず、苛烈で嗜虐的な、唯一絶対の存在だ。

　胸の内で呟《つぶや》いて、帷幕の奥から上半身だけを出す。

「なっ……！」

　瞬間、最初にこちらの存在に気づいた兵士が、持っていた桶《おけ》（消火を試みたのだろう）をがたりと取り落とした。

　その音に気づいた他の兵士たちも、江楓もまた、動きを止めている。

　──反応を見るに、上々だ。こちらが誰なのか、彼らは承知しているらしい。

　状況が状況だけに、今、『胡家の悪姫』の服装は、久遠の時のまま変わっていない。

　しかしもうもうと上がる黒煙、そしてこの漆黒の帷幕が、ちょうどよい具合に姿を掻き消してくれている。

　対峙《たいじ》する彼らの目からすれば、『胡家の悪姫』の顔貌は、まるで闇の中にぼんやりと浮かび上がっているように見えるはずである。硬直してしまうのは、仕方のないことだ。

彼らが我に返らないうちに、『悪姫』はしゃがれた声を発した。

「控えよ、下郎」

燃え盛る炎などものともせず、稀代《きたい》の悪女は周囲を睥睨《へいげい》した。

「この場は既に決した。我が東宮を荒らした不届き者は貴様か、第六皇子よ」

「……これはこれは、どうやってここまで来たのかは知らないけれど」

わずかに顔を引き攣《つ》らせつつも、江楓は余裕を取り戻している。

「夏輪国に巣食う悪の分際で、私を不届き者とは、あんまりだと思うよ。第一、君一人が来たところで、どうなるというんだい」

実のところ――江楓は兵士たちほど、胡家を恐れてはいなかった。皇太子ではない江楓は、胡家の真実を知らない。彼は胡家のことを「歴代皇帝と裏で繋がっていると思《おぼ》しき、謎の悪逆一家」程度に認識している。

脅威ではあるが、まだなんとかなると考えていたのだ。

彼は、兵士が取り落としていた剣を拾い上げようと身を動かす。丸腰の女一人、いくら恐ろしげな物言いをしていようと、斬り伏せるのは容易《たやす》かろうと考えたからだ。

だが彼がしゃがみ込むのよりも早く、その喉元に別の切っ先が突きつけられる。

誰の持つ刃か。もちろん、令花ではない。

「申し訳ありませんが、兄上」

煙に紛れて一息にここまで駆けてきた伯蓮が、剣をしっかと握っているのだ。

「俺の妃《きさき》に、手を出さないでくれますか」

――告げるその笑みは、不敵で力強かった。

まるで自らの背後に太陽を負っているかのごとく、王者としての自信に溢《あふ》れている。

いかにも軽薄なものでも、取り繕った貴公子的態度とも、また違う眩《まばゆ》い輝きに――『悪姫』としての意識の片隅で、令花は思わず、目を見張った。

「くそっ……！」

かたや敗北を悟った江楓が、憎しみの籠った一言を放つ。周囲の兵士たちはそれでもなお忠義を果たそうと、まごつきながらも皇太子に剣を向けようとした。――しかし。

「控えよ、と言ったであろう」

世にも恐ろしい『悪姫』の声が、それを制止する。

「私に逆らえば、どうなるか理解できないか？　今に恐ろしい目に遭うぞ」

兵士たちはたじろぐ。恐ろしい目？　単なる脅しか？　それとも――

問いの答えは、すぐにやってきた。

閉ざされていた扉が激しい衝撃と共に押し開かれる。兵士たちは自分たちを食い殺しに怪物でもやって来たのかと、戦意を喪失してへたり込んだ。弱気な者は気を失っている。

だが、そこにいたのは——

「ご無事ですか、殿下」

令花の父と、その配下たち。『悪姫』の言葉の通り、胡家が邸宅を襲撃したのである。

とはいえこちらは、即興劇ではない。

(打ち合わせ通りにありがとうございます、お父様!)

心の中で令花が礼を述べると、それが聞こえているかのように、父は視線を送ってきた。

見た目には険しくとも、そこには優しさがあった。

東宮を抜け出す時に令花が使った隠し通路は、『悪姫』の部屋にあるものではない。

忍び込んだ伯蓮の居室にあった、胡家の庭の隅へと通じる地下道のほうだ。『悪姫』の部屋と仕掛けが同じだったので、少し調べればすぐに使うことができた。

それを通って、令花は事前に胡家に立ち寄り、『悪姫』の姿に戻ったうえで父に状況を話した。つまりは伯蓮が姿を消したこと、それが江楓の邸宅であること——

伯蓮と胡家が事前に繋がっていたのなら、きっと父も伯蓮の事情を知っているはずだと思ったからだ。案の定、父もまた伯蓮の意図を知っており、その行方を追っていた。

令花は紅玉から得た情報を伝えたうえで、父にこう頼んだのだ。

「私、これから殿下をお助けに参ります。もし江楓様の邸宅から煙が上がることがあったら、それを合図に、お屋敷《やしき》に乗り込んでください」

——こうして、第六皇子の計画はここに灰燼《かいじん》に帰した。

すべては、悪姫の創りし演目の通りに。

＊＊＊

中庭の上空に、ぽっかりと月が浮かんでいる。

その光が優しく差し込む花角殿《かかくでん》に、賑《にぎ》やかな声が響いていた。

「あの、兄上！　僕、一人で食べられます。大丈夫ですから……」

身を捩《よじ》らせた久遠はそう言いながら、なんとか自分で箸を持とうとする。

けれど傍らに座る伯蓮が、その手を優しく押さえ込んだ。

「水臭いことを言うな、久遠。ここ数日、お前と離れ離れだったんだ。俺がいない間、寝込んでいただなんてかわいそうに。栄養をつけて、しっかり元気にならないとな」

温かな声音でそう告げて、伯蓮は愛する弟のために魚の身をほぐし、箸で摘まんだ。

「骨はちゃんと取ってあるぞ。ほら、口を開けて」

「う……！」

頬を赤くして抵抗していた久遠だが、そのうちおもむろに口を開けた。

その光景を、太子妃候補たちは微笑《ほほえ》ましいもののように眺めている。

「よかったね、久遠くん！　殿下も無事に戻ってこられたし」

「まさか江楓殿下の邸宅で、火事に巻き込まれていらしたとはな。しかもそれが、胡家の手によるものだなんて」

「胡家の襲撃の直後、江楓殿下の汚職も発覚したとか。これも彼らの策略なのだとしたら、やはり胡家の魔の手から、夏輪国は逃れられないのですね……」

「でも今、この東宮は平和そのものですわ」

紅玉の一言に、琥珀、銀雲、瑞晶たちも頷《うなず》く。

東宮で事件を起こした後に奇病に侵されていた宮女たちは、その後無事に回復して然《しか》るべき裁きを受けたという。また、第二皇子が見舞われていた病も、快癒したとの報を瑞晶は伯父から受けていた。

多少の波乱はあったものの、今の東宮は確かに平和だ。もっとも、赤殿に隠然と君臨する悪逆の姫君──『胡家の悪姫』を除かない限りは、真の平和は訪れない。

江楓のもとで悪事に加担していたという兵士は、不思議な証言を残していた。なんと東宮にいるはずの『悪姫』が邸宅に姿を現し、怪物をけしかけて、扉を破ったのだという。

「本当なんです。気絶したからはっきりはしていませんけど、確かに聞いたんです」

兵士の泣き言は、すぐさま風に乗り、胡家に関する新たな逸話となった。

『胡家の悪姫』は、怪物を飼い慣らしている。少しでも意に沿わない真似《まね》をすれば、瞬く間に殲滅《せんめつ》されてしまう。この噂《うわさ》は今後も長く、夏輪国を騒がせることになるだろう。

＊＊＊

その日の晩、『悪姫』の居室にて。

「どうしてまた、即興劇ばかりなさるのでしょうか？」

むっとした令花が問いかけると、伯蓮ははっと声をあげて笑った。

「それはもちろん、そのほうが面白いからだ。お前の表情が変わるところが、特に」

「……！　なるほど、殿下は台本にない展開を求めておいでなのですね。しかし畏れながら、読み合わせなしの即興劇はいつでもうまくいくとは限りませんよ」

「いや、そういう意味ではないんだがな」

途端につまらなそうにする伯蓮の意図が、今一つ読み取れない。

令花はわずかに首を傾《かし》げた。

諸々《もろもろ》の事後処理や胡家による隠蔽工作、宮女たちと第二皇子の解毒処理（江楓が使った毒が特定されたことで、治療は速やかに行われた）が済んで、五日ほど経《た》つ。

ようやく落ち着いて二人きりで話せると思ったのに、伯蓮の態度は相変わらずだ。

むしろ前よりも久遠への溺愛ぶりが、激しくなっているような気さえしてくる。

（わざと隙を作って、帝位を継ぐ前に国内の膿《うみ》を出し切る作戦……というのは、わかっているけれど）

今では心からの忠誠心を抱き、喜んで協力している令花ではあるが、なんというか、あそこまで久遠を可愛《かわい》がる必要はないのではないか。

（なんだか最近、役に入り込みすぎることが多くなっているような気がするもの）

思い出すと、なぜかそわそわしてしまう。

どうしてあの時――つまり伯蓮が「妃」と呼んでくれた時、あんなに彼の姿が光り輝いて見えてしまったんだろう。

あれは『胡家の悪姫』に対する言葉で、つまり、令花自身に対してではないのに。

「……」

己の未熟さを恥じるあまり黙りこくってしまった令花の顔の前で、伯蓮が手を振った。

「もしもし？　大丈夫か。反応がないとつまらないんだが」

「も、申し訳ありません」

はっと意識を取り戻して、令花は返事する。伯蓮はまた楽しげに笑うと、ふと、自分の腰帯にぶら下げた翡翠《ひすい》の佩玉《はいぎょく》に目を向けた。

「そういえば……江楓の屋敷の門衛が話したそうだが、久遠があの屋敷に入る時に、身の証《あかし》として佩玉を使ったそうだな」

「はい。せっかく拝領したものですから、ありがたく使わせていただきました」

懐から同じ翡翠の佩玉を取り出して見せると、伯蓮は小さく鼻を鳴らす。

「そうか。それなら、渡しておいて正解だった」

彼はじっと、令花の手の中の佩玉を見つめた。それから、ぽつりと言う。

「なあ……ちゃんと話していなかったな。その佩玉が、いったい誰のものだったのか」

「えっ？」

きょとんとして、つい聞き返してしまう。

「以前伺った時には、失《な》くしたと言ってもう一個貰《もら》ってきたと」

「はは、悪いがあれは嘘《うそ》だ。いくら俺が軽薄で通っていても、さすがにその佩玉は、もう一個くれと言えば簡単に貰えるようなものじゃない」

伯蓮の目が窓の外に向く。けれど夜空ではなく、もっと遠いところを見つめていた。

「俺の母親が、淑妃だっていうのは知っているよな。……俺には、同じ母親から生まれた弟が一人、いたんだよ」

（いた……？）

その言葉の不穏さは、問うまでもなく伝わってくる。こちらが何も言えずにいると、伯蓮は続けて語りだした。

「俺の母親は父上のお気に入りでな。男児である俺を産んだというので、嬪《ひん》から淑妃に昇進した四年後に、また父上の子どもを身籠って……誰かに嫉妬されたんだろう」

短いため息をついて、彼は言う。

「赤子の弟は、生まれてすぐに殺された」

「そんな……」

「もちろん証拠はないし、誰がやったかも闇の中だ。後ろ盾のない母上には、それ以上調べられなかったし……胡家の力を借りようとしても、結果は同じだった。ともかく生まれたばかりの弟は、この世の楽しいことを知る前に、天に帰ってしまったんだ」

伯蓮の視線が、令花の手の中の佩玉に戻る。

「父上から貰った佩玉と、母上が密《ひそ》かにつけていた『久遠』、って名前だけを残してな」

「あっ……！」

その時、瞬間的に思い出す。

初めて『久遠』と呼んだ時、伯蓮の態度が、どこかいつもと違ったことを。

（そう、久遠という名前は……亡くなられた、本物の弟君の名前だったのね）

自然と自分の胸に手を置き、令花は祈るように顔を伏せた。

つまり久遠という名は、伯蓮にとってとても大切なもの。血を分けた兄弟同士でいがみ合う恐ろしい皇家にあって真の「家族」と呼べただろう人の、形見と呼べるものなのだ。

（ならば私は……改めて、この役柄を大切にするべきだわ）

伯蓮の願いが成就すれば、きっと皇家も後宮も、恐ろしい場所ではなくなっていくはず。

そうすれば、本物の『久遠』に少しは報いることができるかもしれない。

そんなふうに、思いに耽《ふけ》っていたので——

「なあ、令花」

気がつかなかった。伯蓮が、顔をぐっと近づけてきていることに。

「えっ⁉ な、なんでしょう……か、殿下」

胡令花でも『悪姫』でも久遠でもなく「令花」とだけ呼ばれたからか、はたまた伯蓮の面持ちが至極真面目だからだろうか。何やらまたも騒ぎはじめた鼓動を必死に抑えつつ放ったこちらの問いかけに、伯蓮は表情を崩さずに語る。

「俺は昔、本物の『久遠』を失った頃……まだ幼くて、弱かった。たとえ他の皇子たちに石を投げられても、何もやり返せないほど臆病な奴《やつ》だった。だから弟を守れなかったし、幸せにしてやることができなかったんだ」

でも、今は違う。と、彼は言う。

「これでも俺は、少しは強くなれた。それにお前から、『自信を持った人間になる』方法を教えてもらったからな。だから、せめて」

ゆっくりと、伯蓮の手が令花の髪を撫《な》でていく。その感覚が優しくて、胸の中が何か温かくて甘いものでいっぱいになって、令花は何も言えなかった。

「せめて『今の久遠』は、守り通したいんだ。幸せにしてやりたい。ずっと笑っていてほしい」

「で、殿下……」

初めて感じる、何か名前のわからない感情が溢《あふ》れて、身体《からだ》が弾《はじ》け飛んでしまいそうだ。

令花は、伯蓮の双眸《そうぼう》をじっと見つめた。伯蓮もまた、こちらの瞳を覗《のぞ》き込んでいる。

二人の距離が少しずつ縮まって、そして――

伯蓮の手が、令花の鼻先を摘まんだ。

（……えっ？）

反射的に令花が鼻に触ろうとすると、伯蓮は既に手を離していた。次いで真剣そのものだったその表情が一気に崩れ、いつものへらへらした笑みに戻ってしまう。

「くくっ、ははは！　なんだその顔、珍しい反応だな！」

「えっ、あっ……で、殿下！　また私をからかったんですね」

「お前の反応が面白いのがいけないんだよ」

まるで理由にならないことを言って、伯蓮はこちらを指さしてくる。

「しかしお前のように口が堅くて信用できる、とんでもないお人好《よ》しでもなきゃ、安心して久遠の役を任せられないからな」

（褒めてくださっているのかしら……？）

鼻を軽くさすりながら、令花は訝《いぶか》しんだ。

一方で伯蓮は、にやりと笑ってこう告げた。

「わかっていると思うが、これからも『悪姫』と久遠、両方の役をこなしてもらうぞ。俺がいいと言うまで、役から降りることはできないからな」

「はい、承知しております」

居住まいを正して、令花は拱手《きょうしゅ》する。

もとより、降りるつもりなど毛頭ない。『胡家の悪姫』だけではない、もっと多くの人々のために——否、未来の夏輪国を救うための、大きな役回りだ。

演じ切るその日まで、全身全霊をかける覚悟である。

「今後もどうかよろしくお願いいたします、殿下！」

「こちらこそ、よろしくな。胡令花」

——覚悟しているからこそ令花は、自分に向ける伯蓮の眼差《まなざ》しが、前よりずっと柔らかくなっているのに気づいていない。

胡令花による華やかな演目は、まだ始まったばかりだ。


（了）

あとがき

こんにちは、甲斐田紫乃《かいだしの》です。

この本をお手に取ってくださり、誠にありがとうございます！

今回のテーマは「悪女」かつ「悪役令嬢」でした。

令花《れいか》の場合は悪の「役を演じている」令嬢なわけですが、その発想から膨らませて、物語の骨子を作っていきました。

普段は悪役を演じていて、でも他にもいろいろな役を演じることのできる女性が、ある日いきなり偉い人から「弟になれ」と言われたら何が起きるか？　という物語です。

皇帝の後宮ではなく東宮が舞台ということで、今までにない描写もできて、個人的に書いていてとても楽しかったです。

読者の皆様にも、少しでもお楽しみいただけましたら幸いです。

今回も構想段階から、担当編集者さまにはいつにも増してお世話になりました。厚くお礼申し上げます。

また美しく格好いい、素晴らしい表紙イラストを描いてくださったｍｏｋｏｐｐｅ先生に、心より感謝いたします。キャラクターデザインを見た時からとてもテンションが上がり、早く本になっているところが見たい！　という思いを募らせておりました。

そして読者の皆様におかれましては、どうか明るく健やかな生活を送られますよう、この場を借りてお祈り申し上げます。

またお会いできたら嬉《うれ》しいです。

ここまで読んでいただき、ありがとうございました！

甲斐田紫乃

富士見L文庫

悪《あっ》姫《き》の後《こう》宮《きゅう》華《か》演《えん》

甲《か》斐《い》田《だ》紫《し》乃《の》

2023年7月15日　初版発行

発行者　山下直久
発　行　株式会社 KADOKAWA
〒102-8177　東京都千代田区富士見2-13-3
電話　0570-002-301（ナビダイヤル）

印刷所　株式会社暁印刷
製本所　本間製本株式会社
装丁者　西村弘美

定価はカバーに表示してあります。

◇◇◇

●お問い合わせ
https://www.kadokawa.co.jp/（「お問い合わせ」へお進みください）
※内容によっては、お答えできない場合があります。
※サポートは日本国内のみとさせていただきます。
※Japanese text only

ISBN 978-4-04-075037-8 C0193